순혈의 헌터

류화수 장편 소설

FUSION FANTASTIC STORY

순혈의 헌터 4

류화수 장편 소설

초판 1쇄 찍은 날 § 2015년 8월 20일
초판 1쇄 펴낸 날 § 2015년 8월 27일

지은이 § 류화수
펴낸이 § 서경석

편집책임 § 이창진

펴낸곳 § 도서출판 청어람
등록번호 § 제387-1999-000006호
등록일자 § 1999. 5. 31
어람번호 § 제1-2207호

주소 § 경기도 부천시 원미구 부일로 483번길 40 서경B/D 3F (우) 420-822
전화 § 032-656-4452 팩스 § 032-656-4453
http://www.chungeoram.com
E-mail § chungeorambook@daum.net

ISBN 979-11-04-90376-2 04810
ISBN 979-11-04-90328-1 (세트)

PURE
BRED

순혈의 헌터

류화수 장편 소설

4

FUSION FANTASTIC STORY

HUNTER

도서출판 청어람

CONTENTS

제1장
그를 찾는 사람들

일본 헌터 협회에서 준비한 과자의 양은 상상 이상의 분량
이었다.

그 과자들은 고스란히 루카라스의 보금자리에 옮겨졌다.
그는 꽤 흡족한 얼굴을 하며 그 모습을 지켜보았고 나는 왜
이 짓을 하고 있는지에 대한 자괴감이 들었다.

한국으로 돌아온 뒤의 일상은 한 개의 일정이 추가된 것을
제외하면 전과 다르지 않았다.

이미 그라니안은 몽둥이찜질을 통한 그릇 만들기를 불과
1주일도 안 되는 시간에 완성했고 나의 아쉬움을 자아냈다.

이제 그가 할 일은 기운을 통제하는 단계였기에 딱히 내가 도와줄 것은 없었다.

그냥 화산에 집어 던지고 구해주는 정도일 뿐이었다.

일주일에 한두 번 정도 그라니안의 수련을 도와주고 나머지 시간은 루카라스의 면상에 주먹을 날리기 위해 노력했다.

잡힐 듯 잡히지 않는 그의 얼굴.

다른 부위는 대련 시간 동안 몇 번이고 칠 수 있었지만, 얼굴만은 아직 불가능했다.

그도 내가 자신의 얼굴을 노골적으로 노리고 있다는 것을 알고 있는지 다른 부위의 방어를 포기하고 얼굴을 중점적으로 방어했다.

그렇게 시간을 보내고 있을 때 지부장이 찾아와 새로운 마을에 사람들이 입주를 완료했다고 알려왔다.

딱히 그들의 모습을 보고 싶지는 않았기에 나는 지부장을 통해 씨앗과 농기구를 전달하고 그들에 대한 관심을 끊었다.

확실히 새로운 마을이 하나 생겨나자 우리 마을 앞에 진을 치고 있는 사람이 없어졌고 새로운 마을을 만드는 선택이 탁월했다는 것을 느낄 수 있었다.

하지만 나를 가만히 두고 싶지 않은 사람들이 마을에 몰려들었다.

무려 3개의 조직이 마을 입구에서 나와의 면담을 신청한 상태였다.

중국과 미국 그리고 일본의 헌터들이 마을 앞에서 서로의 눈치를 보며 자리를 잡고 있었다.

그들이 나와의 면담을 원하는 이유는 대충 예상이 갔다.

일본 헌터의 경우에는 도쿄에서 나의 모습을 보고 스승으로 삼기 위해 찾아온 것이었고 다른 나라의 헌터들은 나에 대한 소문을 들었는지 나의 실력을 확인하고자 찾아왔다.

일본의 헌터들은 그래도 같이 보낸 시간도 있었기에 그렇다고 쳐도 다른 나라의 헌터들의 모습은 나의 눈살을 찌푸리게 하였다.

내가 무슨 동물원의 원숭이도 아니고 나를 구경하기 위해 비싼 기름을 써가며 한국까지 찾아오다니.

무릎을 꿇는 것이 습관인지 일본 헌터들은 마을 입구에서 무릎을 꿇은 채 기다리고 있었다.

"제가 무슨 헌터 수련소를 운영하고 있는 것도 아닌데. 이렇게 부탁을 하셔도 제가 들어드리기 어렵습니다."

"작은 가르침이라도 부탁합니다."

일본 헌터 중에 한국말을 조금 할 줄 아는 헌터가 대표로 말했다.

그들은 정말 간절한 눈빛으로 나에게 머리를 조아리고 있었고 그런 모습을 중국과 미국의 헌터들이 흥미롭게 지켜보고 있었다.

지금 마을 앞에 무릎을 꿇고 있는 일본 헌터들의 수준은 최소 A급이었고 나와의 대련에서 패배했던 SS급 헌터도 그 무리에 포함되어 있었다.

SS급 헌터의 자존심이 강하다는 것은 세상 모든 사람이 알고 있었다.

그런 그가 저렇게 저자세를 보인다는 것을 다른 나라 헌터들은 쉽게 이해하지 못하고 있었다.

"그만 일어나세요. 제가 도와줄 방법은 없습니다."

도저히 말이 통하지 않는 일본 헌터들을 두고는 중국의 헌터들이 있는 곳으로 이동했다.

그들이 무슨 말을 하더라도 들어줄 생각은 전혀 없었다.

"저를 보고자 하는 이유가 무엇입니까?"

중국 특유의 변발을 한 사람에게 물어보았다. 그가 가진 기운이 가장 강하기도 했고 이런 시대에 변발을 하고 있는 특이한 사람이라면 무리의 리더일 게 분명했기 때문이다.

만약 내가 리더라면 무리에 저런 머리를 한 헌터는 받아들이고 싶지 않다.

그러니 스스로 리더가 되어 저런 머리를 유지하고 있는 것이겠지.

그의 말을 옆에 서 있는 사내가 한국말로 통역을 했다.

"당신에 대한 소문은 익히 들어 알고 있습니다. 저희도 한 수 배워볼까 해서 이곳에 찾아왔습니다. 그런데 이렇게 손님들이 많을 줄은 몰랐습니다."

한 수 배워보겠다는 표정이 저렇다고?

자신감 가득한 얼굴에 짝다리까지 짚고 있는 그들이 나에게 배우러 왔다는 말을 믿으면 나는 세상 최강의 바보이거나 눈치라는 능력을 일 푼도 가지고 있지 않은 사람일 것이다.

"그냥 돌아가세요. 당신들과 놀아주고 싶은 마음도 없고 시간도 없습니다. 그냥 가세요."

차갑게 내뱉었다.

중국 헌터들의 모습은 마치 상납금을 받으러 온 조폭과도 같은 표정이었다. 그들에게 패배감을 심어주고 싶었지만, 한 번은 참기로 했다.

"소문과는 달리 겁이 많으십니다. 그냥 대련 한 번 하면 되는 건데. 왜 피하는지 이유를 모르겠습니다."

조선족으로 보이는 통역사의 말조차 비아냥거리는 것으로 들렸다.

조선족이라고 해도 중국인이라는 자부심이 가득하겠지. 중국 헌터가 자신의 뒤에 있기에 나를 무시하고 싶겠지.

"그냥 가시라고 했습니다. 내일부터 마을에서 마주칠 일이 없었으면 합니다."

그들의 대답을 기다리지 않고 곧장 미국의 헌터들이 있는 곳으로 갔다.

쓸데없이 말을 해야 하니 입이 아파졌다.

내가 왜 이런 사람들과 엮여야 하는지.

"안녕하십니까. 만나 뵙고 싶었습니다."

내가 자신들에게 다가오자 미국인 특유의 웃음을 지으며 나를 반기는 미국 헌터들이었다.

"저는 만나 뵙고 싶은 생각이 없는데 이렇게 찾아온 것이 무례하다고 생각하지는 않습니까?"

"이미 한국 헌터 협회에 공문을 주었습니다. 그들도 딱히 반대 의사를 보이지는 않았습니다. 그래서 저는 약속이 됐는 줄 알고 이렇게 찾아온 것입니다. 무례하게 느껴지셨다면 죄송합니다."

중국 헌터보다는 훨씬 부드러운 그들이었다.

오는 말이 곱다면 가는 말도 고와지는 법.

"저는 그런 공문을 받은 적도, 허락을 한 적도 없습니다. 중간에 오해가 생긴 것 같네요. 먼 길을 찾아오셨는데 죄송하네요."

"아닙니다. 저희가 급하게 찾아온 것이 잘못이지요. 저희는 대구 헌터 협회 건물에서 숙박하기로 했습니다. 언제든지 저희를 만나고 싶으시면 말만 해주세요. 찾아오겠습니다."

미국 헌터들은 깔끔하게 마을을 떠나갔다.

확실히 예의도 모르는 중국 놈들보다는 백배 나은 모습이었다.

저렇게 신사적이게 나온다면야 한 번쯤은 그들의 부탁을 들어줄 수는 있지.

미국 헌터들은 돌아가고 일본 헌터들은 여전히 무릎을 꿇고 나의 대답을 기다리고 있었으며 중국 놈들은 여전히 나와 시비를 붙고 싶은 행동거지로 나를 바라보고 있었다.

"일단 숙소로 돌아가 있으세요. 제가 나중에 한번 찾아가겠습니다."

일본 헌터들은 나의 말에 군소리 없이 자리에서 일어나 숙소로 돌아갔다.

물론 며칠 내로 내가 그들을 찾아가지 않는다면 다시 마을 입구에서 돌상이 되어 나를 불편하게 하겠지만 지금 당장 그들을 돌려보내는 것이 급선무였다.

"이제 우리만 남았네요."

다른 나라의 헌터들의 돌아가자 본격적으로 시비를 걸어오는 중국 놈들이었다.

몇 명의 헌터는 자신의 무기를 꺼내 들고는 장난을 치고 있었다.

명백한 도발 행위.

넘어갈까, 말까?

고민은 길지 않았다. 그들과 상대를 하면 내 수준이 떨어지는 일이라는 것을 알고 있었다.

수준이 어느 정도 맞아야 손을 나누는 것이다. 저런 버러지들과 같은 수준이 되기 위해 루카라스에게 죽기 직전까지 얻어터지며 수련을 한 것이 아니었다.

"마을 입구에서 평생 살든가요."

그들을 두고 마을로 돌아가 버렸다.

뒤통수에 대고 무슨 시끄러운 말을 내뱉는 그들이었지만 반응도 하지 않고 마을로 돌아갔다.

"오빠, 요즘 마을이 너무 시끄러운 것 같아."

"그러게 말이다. 조금만 지나면 다시 조용해질 거야."

"형, 카린 누나가 빵 만들어줬어. 형도 한입 먹어봐."

형식이는 내 입안으로 빵을 집어넣어 주었고 나는 거부하지 않고 빵을 한입 씹었다.

생각보다 맛있는데?

확실히 이런 종류의 교육을 어려서부터 받아왔다는 그녀의 말이 거짓이 아니었다.

그녀는 음식을 만드는 것부터 해서 모든 살림의 프로였다.

그런 그녀의 모습을 본 마을 사람들은 물론이고 동생들은 한시도 떨어져 있고 싶지 않아할 정도로 그녀를 좋아했다.

"불편하지는 않으세요? 제가 일본 정부에 말을 해드리겠습니다. 일본으로 돌아간다고 해도 죽을 일은 없을 겁니다."

"제가 일본으로 돌아간다고 해도 다시 누군가에게 팔려 나갈 것입니다. 제가 여기에 있는 것이 불편하지 않으시다면 저는 여기에서 살고 싶습니다."

사슴의 눈망울을 한 그녀의 부탁을 차마 매몰차게 거절할 수는 없었다.

딱히 그녀가 불편하지는 않았고 동생들도 그녀를 좋아했기에 그녀가 원한다면 마을에서 거주하는 것을 거부할 이유는 없었다.

늦은 밤 눈이 떠졌다.

밤잠이 없어 눈이 떠진 것이 아니었다. 천장에서 이자벨이 우는 소리가 들렸다.

그녀도 느낀 것이었다.

중국 헌터들의 기운이 마을 안으로 들어온 것을.

초대하지 않은 이방인의 존재는 환영받지 못한다는 것을 그들에게 알려주기 위해 조용히 집 밖으로 나섰다.

이자벨은 천장에서 뛰어내려 나의 어깨에 자리를 잡았다.

은신하지도 않았지만, 중국 헌터들은 나의 기운을 느끼지 못했다. 하지만 나는 그들의 목소리를 들을 수 있었다. 그러나 나는 중국말을 알아듣지 못했기에 그들이 무슨 대화를 나누는지에 대해서는 알지 못했고 대화를 도청하는 것을 멈추었다.

"마을에는 무슨 일로 들어온 겁니까?"

내 목소리가 자신들의 근처에서 나자 그들의 발걸음이 멈추었다.

"딱히 무슨 이유가 있어서 온 것은 아니고 그냥 마실 나온 겁니다."

조선족이 하는 말은 여전히 나를 무시하는 말투였다.

그리고 무기를 꺼내 들고 마을에 침입한 그들이 마실 나왔다는 것을 믿을 수 없었다.

그들의 말이 사실이라고 해도 상관없었다.

그들은 나의 사유지에 침입한 불청객일 뿐이었다.

"이대로 나가시면 책임을 묻지 않겠습니다."

"이왕 여기까지 온 거 마을 구경이나 하고 가겠습니다. 별거 없어 보이는 마을을 이렇게 꽁꽁 숨기는 이유를 알고 싶어서 잠이 통 안 오네요."

"나가세요."

"왜 이렇게 말을 못 알아듣는지 모르겠습니다. 이렇게 나오셔서 좋을 거 하나 없어 보이는데."

그들이 노골적으로 공격 의사를 내비쳤다. 칼을 꺼내 든 중국 헌터들이 나의 주변을 둘러싸기 시작했다.

15명의 남자 헌터들에게 둘러싸이는 기분은 아주 좋지 않았다.

바퀴벌레 떼가 주위를 둘러싸는 기분이었다.

그들은 단지 바퀴벌레일 뿐이었다. 공포심과 두려움을 주는 존재가 아니라 귀찮고 더러운 존재였다.

"말로 했을 때 알아들었으면 서로 간에 이렇게 얼굴 붉힐 일은 없었을 건데 아쉽습니다."

입만 산 통역사는 뒤에서 입을 나불거렸다.

중국 헌터들의 행태에 화가 나지도 않았다. 짜증이 날 뿐이었다.

"말 그만하고 공격을 하든지. 아니면 도망을 가든지. 둘 중 하나 하는 게 어때?"

조선족이 내 말을 중국 헌터들에게 전했고 그들은 그 말을 듣는 순간 표정이 바뀌며 나에게 달려들었다.

가장 먼저 나에게 달려온 사람은 창을 들고 있었다. 무기를 가지고 나오지도 않은 나에 비해 압도적으로 긴 거리를 가지고 있는 그가 나의 머리를 향해 찌르기 공격을 시도했다.

나는 바람을 가르며 찔러 들어오는 그의 창을 손으로 움켜쥐어 뺏어버렸다.

그러고는 창을 그대로 그의 팔에 던져 박았고 그런 나의 모습에 다른 헌터들이 무작위로 달려들기 시작했다.

그들을 순순히 상대해 주고 싶은 마음은 전혀 없었다.

나는 나에게 주먹질하는 헌터의 주먹을 으깨 버렸고 칼을 휘두르는 헌터에게는 그의 칼을 옆구리에 장식해 주었다.

몇 번의 공방이었지만 나의 실력이 자신들이 상대할 수 없는 수준이라는 것을 알았는지 그들은 움직임을 멈추었다.

움직임이 멈추었다고 해서 그들을 용서해 주고 싶은 마음은 전혀 없었다.

방어 자세를 취하고 있는 변발의 사내에게 천천히 걸어갔다.

그는 내가 다가오자 정글도처럼 생긴 무기를 휘둘러 접근을 방해하려고 했지만 정글도는 내 손에 붙잡혀 마을 어디론가로 날아가 버렸다.

그의 변발을 잡았다. 변발을 그대로 머리가죽과 함께 뽑아 버리고 싶었지만, 그 정도로 잔인해질 수는 없었다.

나는 바람의 칼날을 이용해 변발을 잘라내었고 그는 민머리가 되었다.

변발보다는 스킨헤드가 훨씬 보기 좋지.

리더가 내 손에 잡히자 다른 헌터들의 의지가 급속도로 꺾여 내려갔다.

언제 도망을 갈지 모르는 그들이었기에 바람의 밧줄을 만들어 몸을 구속했다.

"거기 조선족 이리로 와봐."

"저 말씀이십니까?"

오들오들 떨고 있는 통역사의 바지는 젖어 있었다.

갑자기 변해 버린 상황에 그의 머리는 아직 적응되지 않았지만 그의 하체가 머리보다 먼저 반응했다.

움직일 줄 모르는 다리 대신 그를 내 앞으로 잡아끌었다.

"아까 무슨 대화를 그렇게 희희낙락하며 했는지 말해봐."

"중요한 얘기는 없었습니다. 그냥 마을이 어떤 모습일지에 대해서 얘기했을 뿐입니다."

"그런 식으로 나온단 말이지. 계속 그렇게 말할 수 있는지 지켜보면 알겠지."

주변에서 나무 몽둥이를 하나 찾아 집어 들었다.

그러고는 그를 두들겼다. 몸으로 배운 몽둥이찜질이었고 이미 그라니안을 통해 실험도 해보았기에 망설임 없이 몽둥이를 휘둘렀다.

"으아아아아~"

비명 소리가 시끄러웠다. 하지만 마을 사람 누구도 나와보지 않았다.

미리 주변에 바람의 장막을 세워 소리가 새어 나가지 않게 했기 때문이었다.

"사실대로 말하겠습니다. 제발 살려주세요."

"아니야, 아직은 네놈 말을 믿지 못하겠어."

시끄러운 주둥이 안에 그의 옷을 찢어 집어넣었다.

이제 발동이 걸린 몽둥이찜질을 이대로 멈출 수는 없었다.

한동안 계속되던 몽둥이질은 조선족 통역사의 눈의 실핏줄이 터져 나가서야 멈추었다.

"이제는 제대로 말하겠지?"

그의 입안에서 옷을 빼내었고 흰색 옷은 붉은색으로 염색이 되어 있었다.

*   *   *

중국 헌터들은 조선족 통역사의 입을 집중해서 바라보고 있었다.

그의 말 한 마디에 자신들의 안전이 달려 있다는 것을 알고 있었기에 따가운 눈초리를 그에게 보내고 있었다.

그런 그들을 한번 훑어보며 고개를 숙이게 만들었다.

"아까 신나서 떠든 얘기 한번 말해보세요. 거짓말을 할 생각은 하지 마세요."

"그게 말입니다."

중국 헌터들을 눈치를 아직도 살피고 있는 그의 주위를 불바다로 만들어 버렸다.

조선족 통역사는 그제야 자신이 눈치를 살필 사람이 중국 헌터들이 아니라 나라는 것을 깨닫고 입을 열기 시작했다.

"그게… 처음 마을 근처에 도착했을 때 마을로 들어가는 예쁜 아가씨 한 명을 보았던 게 인상적이어서……."

뒷말을 아끼는 그였지만 충분히 뒷말을 예상할 수 있었다.

지금 마을에 있는 여자 중에 젊은 여성은 한 명뿐이다.

카린. 그녀는 남자라면 누구라도 혹할 정도로 아름다운 외모를 가지고 있었다.

그녀를 만나기 위해 밤에 마을에 침입했다?

끔찍한 일들을 벌일 생각으로 마을로 들어온 거겠지.

일반 성인 남성도 아니라 A급 이상의 헌터들로 구성된 무리가 한 명의 여자를 유린하는 것은 어렵지도 않은 일이라고 생각했겠지.

중국에서 했던 것처럼 하룻밤의 놀이로 생각하고 마을에 침범했을 것이 분명했다.

"그 정도 말하시면 되었습니다."

그의 말을 더 들어볼 가치도 없었다.

이미 정황만으로도 그들의 죄를 경중을 판단할 수 있었다.

인간 이하의 마음을 가지고 있는 그들이 가지고 있는 헌터의 능력은 사치였다.

민머리가 되어버린, 딱 봐도 음흉한 얼굴을 가지고 있는 중국 헌터 리더에게 다가갔다.

머리카락을 잃어버려 무기력해진 건지 아니면 다른 이유가 있는 건지는 몰라도 생기를 잃은 눈동자로 땅만을 바라보고 있는 그였지만 전혀 불쌍하게 느껴지지는 않았다.

그가 이번 일의 주동자일 게 분명했다.

퍽!

그의 머리를 땅속에 박아 넣었다.

숨을 쉬지 못해 몸을 아등바등거리는 그의 등에 손을 얹고는 그의 기운을 자연으로 보내 버렸다.

이것만으로도 그는 지금까지 누렸던 모든 것을 잃어버리게 되겠지만 만족스럽지 않았다.

여전히 아등거리는 그의 어깨를 돌렸고 뼈가 꺾이고 부러지며 소름 끼치는 소리를 만들어내었다. 그리고 다리 사이를 발로 찼다. 남자라면 누구나 다 아는 고통을 그는 오늘을 마지막으로 느끼지 못할 것이다.

다른 중국인 헌터들이 그런 모습을 보고 겁에 질려 손이 발이 되도록 빌고 있었다.

내가 나쁜 짓을 하고 있는 것일까?

그들이 마을에 나쁜 마음을 가지고 침입하지 않았다면 이런 일은 애초에 생기지 않았을 것이다.

중국 헌터 모두의 기운을 부수어 버렸고 그들 모두 다리 사이를 붙잡고 눈물 흘리게 만들었다. 계란이 깨지는 소리가 생각보다 좋지는 않았다.

유일하게 남자라고 할 수 있는 사람은 조선족 통역사밖에 남지 않았다.

"살려주세요."

"죽이지는 않습니다. 여기 있는 사람 중에 죽은 사람은 아무도 없습니다."

"아직 결혼도 못 해봤습니다. 집안에 남자라고는 저밖에 남아 있지 않습니다. 제발 살려주세요."

"그러게 왜 진작 그들을 말리지 않았습니까. 예외를 두는 것을 좋아하지 않습니다."

일개 통역사에 불과한 그가 중국 헌터들을 말릴 능력은 없었겠지만 최소한 같이 깔깔거리며 웃어서는 안 되었다.

그도 남자로서 실격이었다.

빠직.

한 명도 남김없이 고자로 만들어 버리고는 그들을 마을 밖으로 던져 버렸다.

운이 나쁘면 죽을 수도 있겠지만 그것까지 내가 신경 쓸 일은 아니었다.

다음 날 오후가 되자 지부장이 마을로 찾아와서 잔소리를 해대었다.

　"중국 헌터들을 저렇게 불구로 만드시면 어떻게 하십니까? 한중 관계에 금이 갈 수도 있는 일입니다."

　"그러게 왜 그들이 마을로 찾아오게 만들었습니까. 혹시 한국 헌터 협회에서 의도적으로 저에 대한 소문을 퍼뜨린 건 아니겠지요?"

　"절대 아닙니다. 저희도 최대한 소문이 나지 않게 하기 위해 노력했지만 발 없는 소문을 잡기에는 역부족이었습니다. 그리고 일본에서의 일도 있고 해서 이미 세계 모든 헌터가 추용택 씨에 대한 소문을 알고 있습니다."

　지금도 충분히 골치가 아파왔는데 다른 나라의 헌터들이 마을로 찾아올 수도 있다는 생각이 들자 짜증이 치밀었다. 절대 마을을 세계 헌터 만남의 장소로 만들고 싶은 마음은 없었다.

　"앞으로 저한테 일방적으로 찾아오는 다른 나라 헌터들을 중국 헌터들과 마찬가지로 대할 거니 그렇게 알고 있으세요. 이런 일이 다시 생기지 않게 하시려면 알아서 막으셔야 할 겁니다."

　"저희가 막을 수 없는 나라가 여럿 있습니다. 조금만 손에 자비를 가져 주세요."

"그건 제가 신경 쓸 일은 아니라고 생각되네요."

"다른 나라 헌터들과 척을 져서 좋을 것은 하나도 없습니다."

"그건 제 사정이 아니라 헌터 협회 사정이겠죠. 하여튼 저는 말했습니다."

중국 헌터들은 불구가 되어 대구 헌터 협회 지정 병원에서 치료를 받고 있었는데 목숨에는 지장이 없지만 남성성까지는 복구가 불가능하다고 했다.

후련한 말이기는 했지만 그들이 나에게 준 스트레스가 다 풀리지는 않았다.

날카롭게 서 있는 신경을 완화시킬 필요가 있었다.

그리고 나에게는 인간과는 다르게 부서지지 않는 샌드백 하나가 있었다.

"이제는 용암에도 어느 정도 적응이 되어가고 있다."

뻣뻣하게 나를 바라보고 있는 그라니안.

"그러면 이제 용암에서 나와. 실력을 확인해 봐야겠어. 다음 단계로 넘어가도 될지 아니면 더 해야 할지 알아야 되니까."

"아직은 용암에 완전히 적응이 된 것 같지는 않다. 며칠은 더 있어야 될 것 같다."

"일단 나와봐."

용암에서 나오지 않으려고 하는 그라니안을 억지로 밖으로 끄집어내었다.

"불의 기운을 끌어 올려봐."

그는 나의 말대로 자신이 낼 수 있는 최대한의 기운을 끌어 올렸다.

이 정도의 기운이면 충분히 몽둥이찜질 2시간은 견딜 수 있겠군.

"그럼 시작할게."

"잠깐만 기다려라. 아직 준비가 되지 않았다."

준비는 무슨 준비가 필요하겠나. 샌드백은 준비가 필요 없는 법이다.

"으아아아!"

1시간 30분 정도 신나게 몽둥이를 휘두르자 가슴에 쌓여 있던 응어리가 풀어져 나갔다.

떡이 되어 쓰러져 있는 그라니안에게서 이제야 약간의 동정심이 생겨났다.

"아직 부족하네. 네 말대로 용암에서 며칠은 더 있어야 다음 단계로 넘어갈 수 있을 것 같아."

"내가 말하지 않았던가. 아직 부족하다고."

"미안. 직접 확인해 보고 싶어서 말이야. 그럼 계속 수고해. 며칠 있다가 다시 찾아올게."

땅에 쓰러진 그를 두고는 마을로 돌아왔다.

그라니안은 확실히 드래고니안답게 내가 했던 수련들을 능숙하게 참아내고 있었다.

전투 종족인 드래고니안의 재생력은 트롤보다 뛰어났고 피부도 강인했다.

가진 기운은 어떤 자연계 몬스터보다 양이 많았고 그 활용법도 알아서 잘 찾아내었다.

하지만 아직 중급 단계로 넘어갈 수준은 되지 않았기에 몇 주는 더 기운을 제어하기 위해 노력해야 했다.

"다음 수련은 땅에 묻으면 되겠지? 재밌겠네."

나도 모르게 재밌겠다는 말이 나와 버렸다. 절대 진심이 아니었다.

나는 그냥 그의 수련을 도와주는 것일 뿐이다.

마을은 며칠간은 전과 다름없이 조용했다. 하지만 일본 헌터들이 나를 다시 찾아와 괴롭혔다.

"제발 수련을 도와주십시오."

헌터가 강해지고 싶어 하는 것은 당연하겠지. 나도 그랬으니 그들의 마음을 충분히 이해할 수는 있었지만 하지만 내가 귀찮아지고 싶은 마음은 전혀 없었다.

그때 좋은 생각 하나가 떠올랐다.

굳이 내가 그들을 가르칠 필요는 없었다. 나에게는 좋은 제자 한 명이 있으니까.

그가 나를 스승으로 생각하는 것 같지는 않지만 그가 나에게 배우고 있는 것은 사실이니까.

"알겠습니다. 제가 도와드리겠습니다. 그전에 약속 하나를 해주셔야 합니다. 제가 앞으로 하는 수련 일체를 죽을 때까지 비밀로 해달라는 것입니다. 그러실 수 있겠습니까? 당신들이 일본 헌터 협회 소속이라 분명 많은 사람들이 수련법에 대해 궁금해할 겁니다. 그런데도 입을 열지 않을 자신이 있습니까?"

"약속드릴 수 있습니다. 약속의 증표로 제 새끼손가락을 잘라 보이겠습니다."

그는 하얀 천을 품에서 꺼내고는 손가락을 그 천위에 폈다.

칼이 손가락을 자르기 전에 얼른 그를 막았다.

"손가락을 제가 어디다 쓰겠습니까. 만약 일본 헌터 협회 회장이나 일본 왕이 물어본다면 어떻게 하시겠습니까?"

"최대한 말하지 않겠습니다. 그리고 불가피하게 말을 해야 되는 상황이 오면 스스로 목숨을 끊겠습니다."

앞으로 어떤 일이 벌어질지 몰랐다. 대대적인 몬스터 범람이 다시 일어날 수도 있는 것이고 다른 보스급 몬스터를 사냥할 일이 생길지도 몰랐다. 혼자서 불가능한 일이 생길 때 나를 도와줄 헌터들이 있는 것도 나쁘지 않을 것 같았다.

"그러면 좋습니다. 수련을 도와드리겠습니다. 일본으로 돌아가 있으세요. 제가 1주일 후에 도쿄에 있는 몬스터 도어 입구로 찾아가겠습니다."

그들은 일본으로 돌아가라는 나의 말에 아무런 의문도 제시하지 않고 마을을 벗어나 일본으로 돌아가는 배를 구해 탔다.

정확히 일주일이 지나고 나는 도쿄에 있는 몬스터 도어로 이동했다.

아직 많은 수의 헌터들이 그 주변을 지키고 있었고 몬스터 도어를 봉인하기 위한 작업을 하고 있었다.

"오셨습니까? 기다리고 있었습니다."

"몬스터 도어를 봉인하고 있는 중입니까?"

"네, 그렇습니다. 봉인 작업이 얼마나 효과적일지는 몰라도 상부에서 그렇게 지시를 했습니다."

"혹시 저 봉인 작업을 막으실 수 있겠습니까? 저희는 저곳 안에 들어가서 수련을 할 생각입니다."

나에게 수련을 요청한 헌터 중에는 SS급 헌터도 있었다.

SS급 헌터가 가지는 권력은 무시하지 못할 정도였기에 그의 입김이 몬스터 도어 봉인 작업을 막을 수 있다고 생각되었다.

"저 안에서 사냥을 하는 것입니까? 다시 몬스터 범람이 일어나지는 않겠습니까?"

그라니안이 내 손안에 있는 동안은 절대 이 몬스터 도어를 통해 범람이 일어나지는 않는다.

"향후 얼마 동안은 다시 이 몬스터 도어를 통해 몬스터 범람이 일어나지 않을 것이라는 것을 제가 약속드리겠습니다."

"그렇다면 제가 막아보겠습니다. 안에서 사냥을 해서 몬스터 범람을 미리 막는다고 한다면 충분히 막을 수 있습니다."

SS급 헌터가 하는 말이니 일본 헌터 협회에서도 들어줄 수밖에 없을 것이다.

그리고 하루가 지나지 않아 그는 일본 헌터 협회의 대답을 가지고 돌아왔다.

"허가를 받았습니다. 이제 이 몬스터 도어를 제가 관리하게 되었습니다. 다른 헌터들은 들어올 수도 없습니다."

"다행이군요. 그러면 들어가도록 하죠."

A급 이상의 15명의 헌터가 나를 따라 지옥의 입구로 발을 들이밀었다.

나에게는 지옥이 아니지만 그들에게는 지옥 이상의 고통을 줄 곳이었다.

　그라니안이 있는 곳은 몬스터 도어에서 1시간은 걸어야 되었다.

　뜨거운 용암의 기운에 기운이 조금 빠진 듯 걸음이 느려지는 일본 헌터들을 격려해 가며 그라니안이 수련하고 있는 장소에 도착했다.

　나를 발견하고 용암 깊숙이 들어가 버리는 그라니안이었다.

　"이제 그 정도 했으면 불의 기운을 충분히 받아들였잖아. 그만 나오지?"

　"아직 멀었다. 오늘도 몽둥이질을 할 거지 않느냐."

　"안 할게. 오늘은 네 후배들을 데리고 왔으니 인사나 해."

　"후배? 나는 인간 후배를 둔 적이 없다."

　"그래? 앞으로 네가 후배들을 가르치게 할 생각이었는데."

　"내가 가르친다는 말인가?"

　"그래, 내가 너한테 했던 것처럼 이제 네가 후배들에게 하면 되는데 싫으면 데리고 돌아가고."

　그라니안은 급히 용암에서 튀어나오며 나를 말렸다.

　"내가 언제 싫다고 했단 말이냐. 지극정석으로 후배를 대할 것을 약속하마."

다급한 그의 목소리였다. 그가 얼마나 후배를 필요로 하는지 알 수 있었다.

"그래, 그러면 앞으로 수련을 너한테 맡길게. 너는 내가 일주일에 한두 번 봐줘도 충분하지만 애들은 인간이라서 매일 수련을 옆에서 지켜봐 줘야 할 거야. 가능하겠어?"

"가능하다. 내가 하루 종일 후배들과 붙어 있겠다. 그런 걱정은 하지 마라."

나는 뻘쭘하게 우리의 대화를 지켜보고 있는 일본 헌터들을 불렀다.

드래고니안 종족의 말로 대화를 하고 있는 우리였기에 그들이 우리의 말을 알아들을 수는 없었다.

"앞으로 수련을 도와주실 분입니다. 드래고니안이라서 조금 거칠지도 모르지만 수련에 큰 도움이 될 겁니다."

"드래고니안이라는 말씀이십니까?"

"네, 드래고니안입니다. 이 사실을 절대 비밀로 하셔야 합니다."

"알겠습니다. 왜 수련 내용이 비밀인지 몰랐는데 이제야 알겠습니다."

"그러면 이제 시작하겠습니다. 그라니안, 이제 나한테 배운 대로 후배들을 알려주면 돼."

그라니안은 아무런 말도 하지 않고 나무 몽둥이를 찾아 두

리번거렸다.

"아직 기운을 봉인할 정도로 기운을 제어할 수는 없지? 그 작업 내가 해줄게."

"고맙다. 나머지 수련은 내가 다 해주겠다."

"제가 당신들의 기운을 봉인할 겁니다. 하지만 걱정은 하지 마세요. 단지 몸을 만들기 위해 기운을 봉인하는 것이기 때문에 짧으면 몇 주, 길면 몇 달이 지나서 돌아올 겁니다."

"알겠습니다. 이미 수련을 시작한 이상 모든 것을 맡기겠습니다."

내가 그들의 기운을 봉인하는 것을 기다리고 있던 그라니안은 봉인 작업이 완료되자마자 후배들에게 다가갔다.

"으아아아아!"

"나는 초콜릿이 뭔지도 모른다고! 내가 언제 초콜릿을 달라고 했단 말이야!!"

그라니안은 후배를 위하는 마음을 가득 담아 몽둥이질을 하기 시작했고 그의 입에서 나오는 소리는 비명 소리에 묻혀 잘 들리지 않았다.

*　　　*　　　*

중국과 일본 헌터들이 사라지자 이제야 마음에 안정을 찾왔고 여유가 생겼다.

아직 미국 헌터들이 대구에 있으려나?

마정석을 받으러 온 지부장에게 미국 헌터들이 아직 대구에서 나를 기다리고 있는지에 대해 물어보았다.

"아직 대구 헌터 협회 건물에서 숙박하고 있습니다. 안 그래도 오늘 그 말을 하려고 했습니다. 미국 헌터들이 언제쯤 만날 수 있는지 물어봐 달라고 합니다."

"뭐 오늘 만나러 가죠. 같이 미국 헌터들이 있는 곳으로 갑시다."

중국 놈들과는 달리 신사적인 미국 헌터들이었기에 그들을 만나볼 생각이었다.

내 입에서 자신이 원하는 대답이 나와서인지 지부장은 신이 나서 빠른 걸음으로 나를 미국 헌터들이 지내고 있는 곳으로 안내했다.

"안녕하십니까. 기다리고 있었습니다."

나와 지부장의 모습을 발견한 미국 헌터들이 다들 방에서 나와 입구에서 우리를 맞이했다.

"저를 기다리신 이유가 뭔지 궁금하네요."

"정말 다른 의미는 없습니다. 단지 요즘 헌터 세계에서 소문이 자자한 추용택 씨를 직접 만나보고 싶었을 뿐입니다."

시원시원하게 생긴 미국 교포가 그들을 대표해 말했다.

"정말 그것이 끝이면 저는 이대로 돌아가도 되는 건가요?"

약간은 장난스레 말했다. 살짝 몸을 문 쪽으로 돌리자 그는 얼른 나의 손을 붙잡았다.

"이대로 가시면 저희가 너무 아쉽지 않겠습니까. 조금만 더 있다가 가세요."

그가 붙잡은 손에 이끌려 테이블로 향했다.

"몬스터 범람이 세계 곳곳에서 소규모로 일어나고 있는데 거기에 대해 어떻게 생각하십니까? 해결 방법이 있다고 보시나요?"

나는 그의 질문에 지부장을 보며 말했다.

"제가 말한 내용을 다른 나라 헌터 협회에 알리지 않았나요?"

"그게 사실… 아직 진위 여부가 확인되지 않아 알리지는 않았습니다."

"아니, 대구 지역에 있는 몬스터 도어가 없어진 사실이면 충분하지 않습니까?"

"그래도 혹시나 하는 마음에 아직 알리고 있지는 않았습니다."

"무슨 사실을 말하시는 겁니까? 그리고 대구 지역의 몬스터 도어가 없어지다니요? 몬스터 도어를 없앨 방법이 있는 겁니까?"

"네, 방법이 있습니다. 이미 제가 몇 개의 몬스터 도어를 없앴습니다."

지부장은 안절부절못하고 있었다. 지금 내가 하는 말이 한국 헌터 협회에서 기밀 사항으로 하는 내용인 듯했다.

"말하지 마요?"

내가 지부장을 보며 말하자 이미 교포를 통해 내용을 전해 들은 미국 헌터들이 지부장을 잡아먹을 듯이 쳐다보았다.

"아니, 미국과 한국은 몇십 년을 같이해 온 전우인데, 이런 사실을 아직도 우리에게 말하지 않았다는 사실이 믿기지 않는군요."

"저는 할 말이 없습니다. 제가 그런 위치에 있는 것도 아니고… 저는 오늘 여기에 온 적이 없는 사람이 되겠습니다."

지부장은 자리에서 일어나 문밖으로 나갔고 미국 헌터들은 어서 계속 말하라는 눈빛을 나에게 보내고 있었다.

"그럼 계속 말하겠습니다. 제가 하는 말을 믿는 것은 전적으로 여러분의 선택입니다. 하지만 사실이라고 저는 말할 수 있습니다. 몬스터 도어를 없애는 방법은 어렵지 않습니다. 몬스터 도어를 관리하는 몬스터만 죽이면 자연스레 몬스터 도어는 힘을 잃고 사라집니다."

"그 몬스터를 어떻게 찾을 수 있나요? 그리고 얼마나 강합니까?"

"찾는 방법은 제가 어떻게 설명해 줄 수는 없지만 얼마나 강한지는 말해 드릴 수 있습니다. 가장 약한 몬스터 도어를 관리하는 몬스터를 사냥하려면 최소 SS급 헌터가 포함된 헌터 200명 정도가 있으면 가능할 거라고 생각됩니다."

보통 D급 몬스터 도어를 관리하는 자연계 몬스터는 한 곳에서 자신의 영역을 지키며 보내기에 충분히 사냥이 가능했다. 하지만 SS급 헌터의 수가 많지 않은 각국의 사정을 고려할 때 최소 200명의 인원은 있어야 큰 피해 없이 사냥이 가능할 것 같았다.

물론 전적으로 내 생각이었다. 더 많은 인원이 필요할지 아니면 더 적은 인원이 필요할지는 몰랐다.

"200명 정도의 인원이 필요하다고 하면 얼마나 강하다는 겁니까?"

"혹시 이번 도쿄에 나타난 몬스터에 대해 알고 계십니까?"

"네, 우리 쪽 헌터들도 소수 파견되어 있었기에 정보를 들어 알고 있습니다."

"그 몬스터보다 몇 배는 강하다고 생각하시면 됩니다."

"그러면 사냥이 불가능하지 않습니까? 그런데 어떻게 혼자 몬스터 도어를 파괴하셨다는 말씀이십니까? 설마 혼자 그 몬스터를 사냥하신 겁니까?"

"그렇다고 할 수 있죠."

긴 대화를 하면 할수록 귀찮은 일이 생길 것만 같았기에 두루뭉술 대답을 피했다.

"그러면 혹시 몬스터 범람이 일어나는 이유에 대해서도 알고 계십니까?"

그들의 질문에 뜸을 들이지 않고 아는 내용을 말해주었다.

"몬스터 범람이 몇 번이고 일어나는 몬스터 도어가 있고 그렇지 않은 몬스터 도어가 있을 겁니다. 그것은 전부 몬스터 도어를 관리하는 몬스터의 성향에 따라 달라집니다. 온순한 성향을 가진 몬스터가 몬스터 도어를 관리하면 몬스터 범람은 일어나지 않는 것이고 더러운 성질을 가진 몬스터가 관리를 하면 일 년에 몇 번이고 범람이 일어나는 겁니다."

"그러면 모든 몬스터 도어를 파괴할 필요는 없겠군요."

"그렇죠. 몬스터 범람이 최소 한 번 이상 일어난 모든 몬스터 도어만 파괴할 수 있다면 몬스터 범람에 대해 크게 걱정하지 않아도 될 겁니다."

물론 잠들어 있는 11명의 제자가 깨어나면 상황이 어떻게 변할지는 몰랐지만, 그들이 언제 깨어날지는 모르는 일이었다.

"미국의 동부 지역에서 벌써 3번의 소규모 범람이 있었습니다. 미국에서 가장 많은 범람이 일어난 지역이죠. 그곳의 몬스터 도어만 파괴한다면 미국에서 일어나는 몬스터로 입는 피해가 획기적으로 줄어들 겁니다."

"벌써 3번의 몬스터 범람이라면 굉장히 흉포한 성질을 가진 몬스터가 그곳을 관리하고 있겠네요. 그 몬스터를 사냥하기가 절대 쉽지는 않을 겁니다."

"혹시 도와주실 수 있으신가요?"

"아니요."

의도적으로 짧게 대답하며 도와줄 의사가 없다는 것을 정확히 알렸다.

미국의 능력이라면 몬스터 도어를 파괴하지는 못하더라도 몬스터 범람에 대해 충분히 능동적으로 대처가 가능했다. 굳이 내가 나설 이유는 없었다.

"알겠습니다. 그러면 다른 정보는 없습니까?"

내가 알고 있는 정보를 다 알아내려고 하는지 그들은 끝도 없이 질문을 던졌다.

몬스터 도어에 대한 정보가 워낙 알려지지 않았고 세계에서 몬스터 도어에 관한 정보를 나보다 많이 알고 있는 사람도 없는 것이 사실이니 그들이 궁금증을 가지는 것을 충분히 이해할 수 있었다.

"제가 알고 있는 내용은 여기까지입니다."

"감사합니다. 큰 도움이 되었습니다. 이 사실을 어서 미국 헌터 협회에 알려야 되겠습니다. 몬스터 도어를 파괴할 방법이 있다면 망설일 이유가 없습니다."

"절대 쉽지 않을 겁니다. 최대한 준비를 철저히 해야 몬스터 도어를 파괴할 수 있을 겁니다."

그들은 아직 몬스터 도어를 관리하는 보스급 몬스터의 능력에 대해 잘 알지 못하기에 의욕적으로 몬스터 도어를 파괴하려고 하는 것이겠지만 그 일에 큰 피해를 보지 않기를 기도했다.

"정말 죄송한 부탁인데 저희에게 실력을 조금만 보여주실 수 있으실까요? 물론 원하지 않으신다면 더는 부탁하지 않겠습니다."

"알겠습니다. 그러면 잠깐 보여 드리죠."

동물원의 원숭이가 되는 것을 좋아하지는 않았지만, 지금까지 대화를 나눈 정도 있었기에 그들에게 약간의 실력을 보여줄 생각이었다.

"지금 제가 내는 기운이 최하급 몬스터 도어가 내는 기운입니다."

나는 흙의 기운을 끌어 올려 D급 몬스터 도어의 보스급 몬스터가 내는 기운을 뿜어내었다. 그들은 코앞에서 기운을 뿜어내는 나의 기운을 감당하지 못하고 몸을 움츠렸다.

도망을 가지 않은 것만으로도 그들이 얼마나 숙련된 헌터인지 알 수 있었다.

"이 정도의 기운을 가지고 있는 몬스터를 상대할 수 있겠습니까?"

기운을 거두었지만, 여전히 몸을 움츠리고 있는 그들에게 말했다.

"저희만으로는 힘들겠지만, 미국에는 실력 있는 헌터가 많이 있습니다. 그들과 함께한다면 어렵더라도 상대는 가능할 것 같습니다."

"지금 느끼신 기운이 최하급 몬스터 도어를 관리하는 몬스터의 기운이라는 것을 아셔야 합니다."

질문을 마구 던지던 그들의 입이 얼어버렸고 그들은 고민에 빠져들었다.

그들의 사색을 방해하고 싶지 않았기에 마을로 곧장 돌아왔다.

마을로 돌아오고 한동안은 아무도 마을을 방문하지 않았고 오늘 지부장이 마정석을 받으러 마을을 찾아왔다.

지부장의 옆에는 헌터 협회장이 같이 있었다. 그가 여기까지 온 이유를 듣지 않았지만 좋은 말을 할 것 같지는 않다.

"무슨 일입니까? 여기까지 다 내려오시고."

"그게 말일세. 중국 정부 쪽에서 자네를 내놓으라고 성화를 부린다네. 우리가 최대한 막고 있긴 하지만 더는 힘들 것 같네."

"중국 정부에서 말입니까? 저를 중국으로 보내달라고 합니까? 아니면 자기들이 찾아오겠답니까?"

"자네를 중국으로 보내지 않는다면 직접 헌터를 파견해 자네를 데려오겠다고 한다네."

"그러면 찾아오라고 하세요. 중국 헌터 씨가 마를 날이 머지않았네요."

나의 말에 지부장이 다리를 오므렸다.

씨가 뜻하는 바를 정확히 알고 있는 그였다.

"그렇게 강압적인 태도로 나와서는 안 되는 일일세. 양 정부 간의 입장도 생각을 해주게나."

"아니 제가 왜 정부의 입장을 생각해야 합니까. 저는 일개 국민에 불과합니다, 정부가 나서 저를 보호하지는 못할망정 중국에 사과하라고 하는 것이 정상적인 정부입니까?"

"조금만 자세를 낮춰주면 된다네. 내가 직접 사과 서신을 적을 테니. 찾아올 중국 정부 쪽 사람들에게 고개만 한 번 숙여주게나."

고개를 숙인다. 가해자가 피해자에게 하는 행동이고 제자가 스승에게 고마움을 표시할 때나 하는 행동이었다. 나는 중국 헌터들에게 사과를 할 만큼 잘못을 저지른 적도 없었고 그들을 스승으로 생각한 적도 없었다.

내가 그들에게 고개를 숙일 이유는 아무리 생각해 봐도 없다.

"그러고 싶지 않습니다. 중국 헌터들이 찾아오게 두십시오. 제가 알아서 해결하겠습니다. 그리고 이런 말 하려거든 찾아오지 마십시오."

협회장을 쫓아내고 며칠이 지나자 정말 중국 정부에서 파견을 보낸 헌터들이 대구 지역으로 들어왔다.

100명이 넘는 헌터가 대구 지역으로 찾아왔다. 아무리 헌터의 숫자가 많은 중국이라고 해도 100명의 헌터는 엄청난 숫자였다.

그들의 의지를 단번에 느낄 수 있었다.

하지만 그 의지에 굴해 고개를 숙일 생각은 전혀 없었다.

한국 헌터 협회에서도 많은 수의 헌터를 대구 지역에 파견하긴 했지만, 중국 헌터들과의 직접적인 접촉을 하지는 않고 있었다.

그들이 나를 보호해 줄 거라는 생각은 전혀 들지 않았고 그것이 그들의 진심일 것이다.

마을로 향하는 그들을 직접 마중하러 나갔다.

이렇게 많은 수의 헌터를 마을로 들어오게 할 수는 없었다.

혹시나 하는 상황을 대비해서 이자벨을 마을에 두었다.

인해전술.

중국이 사랑하는 전술. 많은 인구수를 자랑하는 중국만이 할 수 있는 전술이다.

100 대 1.

압도적으로 차이 나는 숫자지만 단지 숫자에 불과했다.

벌레 100마리가 둘러싸고 있다고 해서 겁을 먹을 필요는 없다.

중국 헌터들은 대구로 들어서자 적당한 장소를 정해 야영지를 만들었다.

한국 헌터 협회에서 지정을 해줬는지 아니면 자신들이 알아서 숙소를 정했는지는 모르지만, 그들은 아무런 망설임도 없이 주변을 부수고 자신들이 지낼 만한 장소를 만들었다.

그런 그들의 모습이 마음에 들지 않았다. 자기들이 뭐라고 마음대로 땅을 점령한단 말인가.

땅과 물의 기운을 끌어 올려 그들이 자리 잡은 땅을 진흙탕으로 만들었다.

진흙탕이라고 하기보다는 늪에 가까웠다.

중국 헌터들은 자신들의 발을 자꾸만 먹어치우려는 땅을 피해 이리저리 뛰어다녔다.

그리고 얼마 되지 않아 나를 발견하고는 나에게로 몰려들었다.

"네가 추용택인가?"

중국에서는 한국말을 통역해 줄 수 있는 사람이 조선족뿐인지 이번 통역사도 조선족으로 보이는 사내였다.

"그렇다. 내가 추용택이다. 여기까지는 무슨 일로 왔지? 내가 이렇게 인기인이 된지는 몰랐는데 말이야. 중국에서 한류가 있기 있었다는 말은 몇 년 전에 들어보았는데 내가 그 주인공이 될지 몰랐군."

"헛소리 그만하고 사과해라. 감히 중국의 헌터들을 불구로 만들다니 제정신이냐?"

통역사 옆에는 중국 헌터들의 지휘자로 보이는 사람이 서 있었다.

각성자답지 않게 수련을 게을리하는 건지 아니면 체질이 그런 건지는 몰라도 배가 산처럼 부풀어 있는 초고도 비만인 사람이었다.

"내가 왜 사과를 해야 되는 건지 이해가 되지 않는데. 먼저 마을을 침입한 건 중국 헌터들이고 나는 당연히 개인 사유지를 보호하기 위해 손을 쓴 것뿐인데. 뭐가 잘못되었나?"

"잘못되고말고. 감히 중국 헌터들을 상대로 손을 썼으니 그것 자체가 잘못된 것이다. 절차를 밟아 법적으로 처리해야지 네놈이 뭔데 손을 쓴다는 말이냐."

이 시대에 법이 존재했었던가? 법보다는 주먹. 주먹보다는 능력으로 대우를 받는 시대였다.

중국 헌터들이 마을에 들어와 마을을 불태운다고 해도 그들은 아무런 처벌을 받지 않았을 것이다. 그런 자들을 상대로 법대로 하라는 말은 나를 놀리는 말밖에 되지 않았다.

＊ ＊ ＊

"그래서 당하고만 있으라는 말인가? 내가 왜 그래야 하지?"

"지금 감히 중국 정부가 하는 일을 방해하는 건가? 어서 사과를 해라. 진정으로 사죄를 빌면 팔 하나로 용서를 해주마."

대화가 통하지 않는 사람들이 너무도 많다. 사과를 할 이유도 없었지만 사과를 해도 팔 하나를 받아 간다는 그의 말은 너무도 거슬렸다.

"너희들이 사과를 해라. 그러면 팔 하나만 받고 용서해 주겠다.

"말이 통하지 않는 놈이군. 쳐라!"

100명이 넘는 중국 헌터가 동시에 기운을 최대한으로 끌어올리는 것이 느껴졌다.

흉흉한 기운이 주위를 가득 채웠다.

더러운 기운을 정화시키는 가장 좋은 방법은 불로 다 태워 없애 버리는 것이다.

불의 기운이 몸에서 빠져나오기 시작했다.

공기가 뜨거워진다. 바람의 기운과 합쳐진 불의 벽은 그들을 집어 삼키기에 충분한 크기로 커져 갔다.

그들과 나 사이에 불의 벽이 세워졌고 그들은 자신들을 둘러싸 점점 다가오는 불의 벽을 끄기 위해 갖은 수단을 부렸다.

하지만 그들의 힘으로 두 가지 기운이 섞인 불의 벽을 끄는 것은 불가능했다.

나는 천천히 불의 벽 안으로 걸어 들어갔다.

내가 만든 불의 벽이었기에 불의 벽 안으로 옷깃 하나 태우지 않고 들어갈 수 있었다.

시끄러운 중국말이 귀를 따갑게 만들었다.

능력은 없어도 목소리 하나만큼은 일품이었다. 알람으로 쓰면 딱 좋을 목청을 가지고 있는 중국 헌터들이다.

싸구려 중국 검을 들고 나에게 달려드는 헌터의 검이 가슴을 향해 날아들었다.

챙!

검은 몸을 뚫지 못하고 부서져 하늘을 날아다녔다.

나는 검을 다룰 능력도 되지 않는 헌터의 손을 잡아끌었다.

"검을 잡을 힘도 없어 보이는 손이 필요는 없겠지."

나는 오랜만에 헌터들을 상대하며 검을 꺼내 들었고 그의 어깨 아래를 깔끔하게 잘라내었다.

자신의 팔이 잘려 나가서 그런 건지 내 몸을 자신의 검이 뚫지 못해서 당황한 건지 헌터의 눈에는 초점이 없었다.

난 더는 싸울 의사가 없어 보이는 그를 두고 다른 헌터들에게로 다가갔다.

아니, 다가갈 필요도 없었다. 수십 명의 헌터가 동시에 달려오고 있었다.

나는 그쪽으로 바람의 칼날을 날렸다.

코팅도 되지 않은 바람의 칼날은 평소보다 약한 힘을 가지고 있었지만 수십 개의 바람의 칼날에 일일이 코팅을 하는 것은 지금 상황에서는 사치였다.

벌레를 잡는 데에는 이 정도면 충분했다.

20개의 바람의 칼날은 정확히 20개의 팔을 훔쳐서 돌아왔다.

딱히 팔을 모으는 취미는 없었기에 아무렇게나 던져 버렸다.

팔을 잃어버린 대부분의 헌터가 공격을 멈추었지만 그래도 용기가 있는 몇 명은 나에게 계속 달려들었다. 그들에게서 다른 팔 하나도 받아 왔다.

양팔을 잃고서 달려드는 헌터들은 없었다.

20명이 넘는 헌터가 공격 의사를 잃었지만 아직도 많은 수의 중국 헌터가 나를 죽일 듯이 쳐다보고 있다.

아직 힘의 차이를 느끼지 못하는 아둔한 머리를 가지고 있는 놈들이다.

아무리 아둔한 머리를 가지고 있다고 해도 그들의 머리를 빼앗아오고 싶지는 않았다.

더러운 뇌수가 흐르는 머리는 필요하지 않다.

약속대로 그들의 팔 하나만을 받아올 것이다.

날쌔게 움직이는 그들의 발을 묶어야 빠른 작업이 가능할 것 같다.

전방에 보이는 헌터들을 땅속으로 잡아당겼다.

그들은 한쪽 팔을 빼고는 전부 땅속으로 집어삼켜졌다.

땅 위에 솟아오른 팔들은 내가 지나갈 때마다 생기를 잃었다.

아직도 수십 명의 사람이 남아 있다.

펑!

화염구 몇 개가 날아 들어와 몸을 때렸지만 신경 쓰이지는 않았다.

벌레들의 마지막 발악마저 막아버리면 그들이 얼마나 처참한 심정을 가지겠는가.

화염구를 몸으로 받으며 무리의 수장에게로 걸어갔다.

겁에 질린 그의 얼굴이 보였다.

팔 하나를 달라고 소리치던 그의 패기는 어디로 갔을까?

"이제 사과를 할 마음이 들었나?"

그는 내가 하는 말을 들었지만 아무런 대답도 하지 않았다.

옆에 붙어 있던 조선족 통역사가 보이지 않았기 때문이다.

그는 어디에 있지?

주위를 둘러보자 쓰러진 중국인 헌터를 방패 삼아 숨어 있는 그의 모습을 찾을 수 있었다.

눈을 질끈 감고 있는 그의 목덜미를 잡아끌고 중국 헌터 수장의 옆에 던졌다.

"다시 말해주지. 이제 사과를 할 마음이 생겼나?"

"사과를 하지 않겠다고 합니다. 죽는 한이 있어도 사과는 못 하겠답니다."

떨리는 조선족 통역사의 말에서 그가 얼마나 겁을 집어먹고 있는지 알 수 있었다.

마치 호랑이 등 위에 탄 기세로 나에게 말을 쏘아붙이던 그의 모습은 찾아볼 수 없었다.

"죽이지는 않는다. 단지 팔 한 개만 받아 간다고 전해라. 아니다. 지금 스스로 팔을 잘라내는 사람들은 더는 공격하지 않고 팔을 달고 있는 사람들은 헌터로서 살아가지 못하게 한다고 전해라. 큰 소리로 모든 헌터가 들을 수 있도록 소리쳐라."

알람으로 쓰고 싶었던 그의 목소리답게 큰 목소리로 악을 쓰며 외쳐 대었지만 아무도 내 말을 따르지 않았다.

본보기가 필요한 상황이다.

본보기는 높은 위치에 있는 사람일수록 더욱 효과적이다.

지금 내 눈앞에는 중국 헌터들의 수장이 있었다.

"내 말을 따르지 않는군. 그러면 기운을 빼앗아 가겠다."

전투가 벌어지고 처음으로 바람의 기운을 이용해 몸을 날렸다.

순식간에 그의 앞으로 몸을 이동했고 그가 반항을 하기도 전에 배에 손을 박아 넣었다.

그리고 그의 기운을 공기 중으로 날렸다.

"팔 하나만 받아 가는 것으로 이만 용서해 주지."

배를 움켜잡고 있는 그의 팔을 억지로 들어 올려 바람의 칼날이 그 위로 지나가게 했다.

"으아아아!"

비명 소리는 통역이 필요 없다. 만국 공통어가 비명은 아닐까라는 생각이 들었다.

"다시 소리쳐라. 마지막 기회니. 용서를 바라는 사람은 스스로 팔을 잘라 내라. 그러지 않으면 너희들의 수장과 같은 모습으로 될 것이라고 말해라."

조선족 통역사는 전보다 더 우렁찬 목소리를 내며 중국 헌터들에게 말했고 겁에 질린 중국 헌터들은 갈팡질팡하고 있었다.

아직 두려움이 부족한 것인가?

직접 움직이고 싶지 않았지만 그들이 나를 도와주지 않고 있었다.

50명이 넘는 헌터가 나에게서 벗어나기 위해 불의 장벽에 뛰어들었다.

하지만 그들은 그 벽을 통과하지 못했다. 일반적인 불의 장벽이 아니라 바람의 기운을 머금고 있는 불의 장벽을 쉽게 통과할 수는 없다.

온몸에 불이 붙어 비명을 지르는 그들에게서 팔 하나만을 받아 돌아섰다.

불의 장벽에 뛰어들 용기조차 없는 헌터들이 남아 있다.

그들을 훑어보았다.

그러자 그들은 어디서 그런 용기가 났는지 나에게 달려들었다.

팔을 자를 용기는 없으면서 나에게 달려들 용기는 어디서 생겼는지.

그들의 용기에 박수를 쳐 주고 싶지는 않지만 같이 검을 휘둘러 줄 수는 있다.

달려드는 중국 헌터들의 공격을 몸으로 다 받으며 집요하게 그들의 팔을 노렸다.

한 번의 공격에 한 명이 쓰러졌다.

"으아아아!"

고통에 찬 비명 소리가 흉흉한 기운을 내는 지역을 정화시키고 있다.

결국 마지막 남은 헌터 한 명의 팔까지 직접 잘라내었다. 아무도 스스로 팔을 자르는 이가 없었다. 능동적이지 못한 헌터들이다.

팔 하나만을 잘랐으면 앞으로 헌터로서 살아갈 수는 있었을 건데. 결국 모든 헌터가 몸속에서 기운을 더는 느끼지 못하게 되었다.

불의 장벽을 회수했다.

이곳에서 도망갈 사람은 아무도 없었다.

삶의 의욕을 잃어버린 사람들만이 가득했다.

불의 장벽이 꺼지자 주변을 맴돌고 있던 한국 헌터 협회 사람들이 몰려들었다.

시체를 보고 다가오는 까마귀와 같은 모습이었다.

"어떻게 된 일입니까?"

그래도 나와 친분이 가장 깊은 대구 지부장이 무리에서 나와 질문했다.

"보시면 아시지 않습니까. 알아서 잘 처리했습니다. 죽은 사람은 한 명도 없을 겁니다."

모두 비명을 지르며 발버둥 치고 있긴 했지만 죽은 사람은 보이지 않았다.

"아! 땅속에 있는 사람들은 빨리 꺼내지 않으면 죽을지도 모르겠네요."

"어서 땅속에서 중국 헌터들을 구해내라."

지부장은 급하게 소리쳤고 한국 헌터들이 땅에 묻혀 있는 중국 헌터들을 구해내었다.

그들은 중국 헌터들 중에서 유일하게 헌터로서 삶을 뺏기지 않은 사람들이다.

땅속에 묻혀 있었던 시간은 고통스러웠겠지만 그것이 오히려 그들에게는 행운이었다.

"너무 심하게 손을 쓰신 것 같습니다."

"100 대 1의 전투였습니다. 저를 탓하실 게 아니지요. 오히려 저를 돕지 않은 한국 헌터들의 잘못입니다. 저보다 먼저 나서 그들을 막아냈다면 이런 일이 생기지도 않았겠죠."

그들과 더 말을 나누어보았자 그들의 생각이 바뀔 리는 없었기에 그대로 몸을 돌려 마을로 돌아갔다.

등 뒤로 따가운 눈초리가 느껴졌지만 뒤를 돌아보고 싶지는 않았다.

마을로 돌아오자 짜증이 났다. 화를 풀지 않으면 구역질이
올라올 것만 같다.

그라니안을 찾아갈까?

그라니안을 신나게 두드리면 화가 풀릴까?

아니었다. 지금은 그를 두드린다고 해서 화가 풀릴 것 같지
는 않았다.

오히려 루카라스와 싸우며 모든 기운을 소진하는 것이 도
움이 될 것 같았다.

생각이 거기까지 미치자 고민 없이 루카라스에게로 텔레
포트를 했다.

"한번 싸웁시다."

"몸에서 피 냄새가 가득 나는군. 내가 피 냄새를 지워주
마."

나의 기분을 대번에 파악한 루카라스가 기운을 끌어 올려
나에게로 날아왔다.

내가 바라던 일이다. 나도 한계치까지 기운을 끌어 올려 그
에게로 달려갔다.

쾅!

그의 주먹과 나의 발이 부딪치며 굉음을 만들어내었다.

"으아아아아아아!!"

악에 받쳐 소리를 질렀다. 피의 향에 미쳐 움직였던 몸을 땀으로 씻어 내리기 위해 최대한 격렬하게 움직였다.

나의 주먹이 그의 얼굴을 향해 날아갔고 그는 양손으로 주먹을 받아내며 발을 휘둘렀다.

기운을 형상화한 공격은 서로 배제하였다.

지금은 몸을 부딪치며 싸우고 싶었다. 그는 나의 투정을 한마디의 불평 없이 받아주었다.

땀이 흐르기 시작한다. 조금만 더 땀을 흘리면 이 기분이 날아갈 것 같았다.

그의 주먹을 몸으로 맞으며 나도 그에게 주먹을 날렸다.

그의 주먹에 담긴 힘은 무시할 수 없는 강한 기운이 서려 있었지만 막거나 피하고 싶지 않다. 그의 주먹이 내 몸을 두드릴 때마다 분노가 한 꺼풀 떨어져 나간다.

"헉헉!"

모든 힘을 다 소진하고 거친 숨소리만 내며 바닥에 쓰러졌다.

"이제 피 냄새가 많이 약해졌군. 밖에서 무슨 일을 하고 다니는지는 몰라도 너무 많은 피를 보는 것은 정신 건강에 도움이 되지 않을 거다."

그는 무심히 말하며 나를 두고 보금자리로 돌아갔다. 그의 뒷모습을 보며 작게 말했다.

"감사합니다."

한참이나 바닥에 누워 몸을 땅에 맡겼다.

땅이 나를 위로하듯이 따뜻한 기운을 발산했다. 눈을 감고 땅의 기운을 온몸으로 받아들였다. 피가 묻고 땀과 흙에 더러워진 옷과 몸을 물의 힘을 빌려 씻어내고는 마을로 돌아왔다.

동생들에게까지 피 냄새를 맡게 하고 싶지는 않았기 때문이다.

마을로 돌아오자 협회장과 지부장이 나를 기다리고 있었다.

그들을 보자 깨끗하게 정리된 마음에 다시 짜증이 올라오려고 했다.

"무슨 일입니까? 마을로 찾아오지 말라고 했을 텐데요."

"정말 어쩌려고 이러는 건가. 지금 찾아온 중국 헌터들이 중국의 힘 전부라고 생각하는 건가? 이는 빙산의 일각에 불과하네. 제발 조금만 자세를 낮춰주게나."

"한국이 중국의 속국이라도 되는 겁니까? 조선 시대로 돌아간 느낌마저 드는군요. 내가 왜, 아니, 우리가 왜 중국의 눈치를 봐야 하는 겁니까. 저는 중국의 눈치를 보고 싶은 마음이 전혀 없습니다. 그러니 강요하지 마세요."

"우리가 그들의 속국이라는 게 아니지 않는가. 국가 간의 분쟁을 만들지 말자는 뜻이라는 걸 왜 모르는 건가."

"분쟁을 제가 만들었습니까? 먼저 시작한 쪽은 제가 아니라 중국입니다. 그리고 그것을 방관한 건 한국 헌터 협회고요. 잘못을 저에게 떠넘기려 하지 마세요. 가장 큰 잘못을 한 것은 방관한 쪽입니다. 지금 협회장님을 보고 있는 것도 제가 많이 참고 있다는 것만 알고 계세요."

"앞으로 무슨 일이 생길지 예상이나 가는가? 중국에 있는 모든 헌터가 한국으로 넘어온다면 자네가 다 감당할 수 있다고 보는 건가? 전쟁이 터질지도 모른다네. 압도적인 수의 차이가 나는 전쟁 말일세. 자네 때문에 한국 국민 모두가 불구덩이로 빠질지도 모른 일이란 말이야."

"그것을 보호하는 것이 한국 헌터 협회의 임무이지 않습니까."

"그러니 지금 자네에게 이렇게 말하고 있지 않은가. 제발 조금만 도와주게나."

"후, 제가 할 말은 마을로 그들이 침범해 오지 않는다면 먼저 나서서 시비를 걸 일은 없다는 것뿐입니다."

한국 헌터 협회를 믿을 수는 없는 일이다.

이 시대를 살아가는 데 믿을 존재는 정부가 아니라 개인의 힘이었다.

나를 믿고 지지해 줄 사람의 필요성이 느껴졌다.

아무리 거대한 손이라고 해도 한 손으로 여러 손을 아무런 피해 없이 막기는 역부족이다.

제2장
수련생 모집

지금 내가 믿을 수 있는 사람 중에 전투 요원은 이자벨뿐이라고 해도 무방하다.

이자벨 한 명의 전력이 헌터 100명의 전력을 넘어서지만 그래도 부족했다.

중국 헌터들이 인해전술을 펼쳐 온다면 우리 둘만으로 상대를 할 수는 있지만 엄청난 시간이 필요할 것이다. 시간은 한정적이고 그들의 숫자는 무한에 가까우니.

이자벨 말고 다른 사람이라고 하면 지금 그라니안 밑에서 뼈를 깎는 수련을 하고 있는 일본 헌터들이 생각이 났지만 결국 그들은 일본 사람들이었다.

그들의 마음을 정확히 알지는 못하지만 그들이 나라를 떠나 내 밑으로 들어올 것 같지는 않았다. 그래도 내 편에 가까운 것은 사실이니 그들을 관리하긴 해야 했다.

"수고가 많네요."

2주가 지났지만 아직도 그라니안의 몽둥이에 몸을 맡기고 있는 일본 헌터들이었다.

드래고니안과 다르게 인간의 육체는 완성되기 오랜 시간이 걸렸고 땀을 뻘뻘 흘려가며 그라니안이 그들의 그릇을 만들어내고 있었다.

"왔나? 후배 양성은 내가 잘하고 있다."

"그렇게 보이네. 얼마나 걸릴 것 같아?"

"요즘 들어서 때리는 맛이 찰지게 느껴지는 것을 보아 이번 주 내로 끝이 날 것 같다."

아쉬운 표정을 숨기지 않고 말하는 그라니안의 뒤로 일본 헌터들은 죽을상을 하고 있었다.

그들의 마음을 잘 알고 있는 나였기에 그들의 표정을 보고 웃을 수는 없었다.

"많이 고통스럽더라도 참으십시오. 이 과정만 참으신다면 전보다 훨씬 강해질 수 있습니다."

그들 중 아무도 포기를 하지 않고 수련을 견디고 있다는 것이 대견스러웠다.

인간 이하의 취급을 받아야 하는 수련을 포기하고 싶은 마음이 골백번은 더 들었을 것이다.

하지만 봉인이 된 기운을 되찾기 위해서 절대 수련을 포기하지는 못했을 것이다.

"오늘은 그쯤 해 그라니안. 요즘 네 수련을 잘 도와주지 못한 것 같네. 오늘은 열심히 도와줄게."

상반된 두 개의 표정.

일본 헌터들은 얼굴에 웃음이 번졌고 그라니안은 벌레를 씹은 듯한 얼굴을 하고 있었다.

"꼭 오늘 해야 되는 건가? 조금만 더 두드리면 이들의 육체가 완성되는데."

일본 헌터의 핑계를 대고 도망가려는 그라니안의 목덜미를 붙잡았다.

"불의 기운은 충분히 제어 가능하니 이제는 바람의 기운을 느낄 차례지."

그를 억지로 데리고 하늘로 올라갔다. 고작 건물 10층 높이였다. 이 정도에 죽지는 않을 것이다.

"으아아아아!"

드래고니안도 고소공포증을 느끼는지 아니면 그라니안이

특이 케이스인지는 몰라도 그의 입에서 비명이 터져 나왔다. 그것을 바라보는 일본 헌터들의 얼굴에는 웃음이 더욱 번졌다.

쿵!

그라니안이 바닥에 쓰러져 파닥거렸다. 역시 죽지는 않았다.

"어때, 좀 느껴져?"

"뭐가 느껴진다는 말이냐. 그냥 하늘에서 떨어진 것이지 않느냐."

"나도 그렇게 생각했었는데 수백 번, 아니, 수천 번 떨어지다 보면 느껴질 거야."

경험을 통한 교육이니 확실한 효과는 장담할 수 있었다.

"한 10분 있으면 재생이 완료되겠네."

드래고니안의 육체는 확실히 어떤 종족보다 우수했다. 팔다리가 역으로 꺾인 상처도 10분이 걸리지 않아 원상복구가 되었다.

"오늘 딱 30번만 떨어지자."

그를 데리고 하늘로 올라가는 시간과 재생되는 시간을 대략 합치면 10분이다.

30번이면 300분이 필요하고 5시간 동안 수련이 계속된다는 말이었다.

그라니안을 5번 정도 더 떨어뜨리는 동안 일본 헌터들은 체력을 회복하였고 돌에 기대어 쉬고 있었다.

"수련 힘드시죠? 조금만 더 참으시면 됩니다."

"혹시 저희들도 지금 수련이 끝이 나면 하늘을 추락하는 수련을 해야 되는 겁니까?"

"하긴 해야 되는데 처음부터 저 높이에서 시작할 수는 없죠. 드래고니안과 인간의 육체는 차이가 있으니까요."

"무섭습니다."

항상 나와 얘기를 나누는 한국말을 할 줄 아는 일본 헌터가 아닌 SS급 헌터가 말했다.

"한국말을 꽤 공부 하셨나 봐요."

"시간이 날 때마다 약간씩 했습니다."

확실히 머리가 좋아 보이는 그였다. SS급 헌터의 자질만으로도 넘칠 재능인데 머리까지 좋아 보였다.

"한국어 공부를 왜 하는 거죠?"

나는 그가 아니라 한국어를 할 줄 아는 헌터에게 물었다.

"그야 당연히 스승이 한국인이니 제자가 한국어를 공부하는 것이 당연하지 않습니까."

그들은 나를 스승으로 생각하고 있었던가?

"제가 스승이라뇨. 단지 수련을 조금 도와주는 것일 뿐입니다."

"그래도 스승은 스승입니다. 한번 스승은 영원한 스승입니다."

"그래서 다들 한국어 공부를 하고 있는 겁니까?"

"이곳에서의 수련을 제외하고는 하루에 몇 시간씩 한국어 공부를 하고 있습니다."

헌터들에게 공부란 단어는 생소하다. 사냥을 위해 몸을 단련하기도 바쁜데 공부를 할 시간이라는 것은 존재하지 않는다. 하지만 그들은 수련뿐만 아니라 공부까지 하고 있는 우등생들이었다.

"대단하네요."

"그런데 중국 헌터들과 마찰이 있었다고 들었습니다."

그들은 일본 헌터 중에서도 상위 클래스의 헌터들이었기에 많은 정보를 받았고 그중에 나의 정보도 포함되어 있었다.

"그렇게 되었습니다. 저번에 보셨던 중국 헌터들이 마을에 침범했기에 손을 썼더니 중국 정부에서 100명이 넘는 헌터들을 파견했었습니다."

"모두 살려서 보냈다고 들었습니다. 너무 약하게 처리하신 거 아닙니까. 저희라면 그들 모두의 목을 잘라 효시했을 겁니다."

한국 헌터 협회보다 더욱 나의 입장을 이해하는 그들이

었다.

조금 과한 느낌이 들긴 했지만 헌터 협회보다 그들에게 더욱 정이 갔다.

"팔 하나씩을 받았으니 충분히 알아들었을 겁니다."

"그 정도로 알아들을 놈들이었으면 한국에 발을 들이지도 않았을 겁니다. 분명 더 많은 인원을 보내어 스승님을 치려고 할 겁니다."

그의 입에서 나온 스승이라는 단어가 가슴을 울렸다.

태권도 사범을 하며 많은 제자들을 가르쳐 본 적은 있긴 했지만 그들 모두가 어린 학생들이었다. 이렇게 성인 남성이 나를 스승이라고 부른 적은 처음이었다.

"스승이라고 부르시니 어색하네요. 그냥 이름을 불러주세요."

"아닙니다. 감히 저희가 어찌 스승님의 존함을 함부로 부를 수 있겠습니까."

단호한 그의 태도에서 그의 입에서 내 이름이 나오는 일은 앞으로 없을 거라는 것을 느꼈다.

"중국 정부에서는 한국 정부를 압박할 것이고 더 많은 헌터들이 한국, 스승님의 마을로 찾아갈 것이 분명합니다. 대책을 세우셔야 합니다."

"대책이라고 할 만한 것이 마땅치 않네요. 오는 족족 싸우는 수밖에 없지 않겠습니까?"

"아무리 스승님이 강하다고 해도 다 막아내기에는 힘이 들 겁니다. 저희가 기운을 찾는다면 마을 주변에서 거주하며 스 승님을 돕도록 하겠습니다."

10명밖에 되지 않는 소수의 인원이지만 그들 모두 A급 이 상의 헌터였다.

그리고 지금 수련이 끝나면 그들 모두 최소 S급 이상으로 올라설 것이 분명했다.

최소 S급 헌터로 구성된 10명이 마을에서 거주하며 마을을 보호한다.

충분히 매력적인 말이었다.

하지만 그들의 힘으로 중국의 헌터들을 막아내기에는 역 부족이다.

"혹시 동료분들 중에 수련을 같이 하고 싶어 하는 헌터들 이 있습니까?"

미끼를 던졌다. 어장에 더욱 많은 물고기를 키우고 싶었 다.

"있기는 하지만 믿을 만한 사람은 몇 되지 않습니다. 다들 일본 정부에 세뇌를 당한 헌터들이 대부분이라 소수의 인원 정도만을 추천할 수 있습니다."

"그래요. 그럼 육체 수련이 완성 되는 대로 그들을 데리고 오세요."

"그들이 3기 수련생이 되는 겁니까?"

따로 기수를 나누어 수련생을 뽑은 적은 없지만 그의 말이
틀리지는 않았다.

그라니안이 1기, 이들이 2기, 나중에 올 헌터들은 3기가 되
는 것이다.

"새로운 후배들이 온다면 나는 적극 찬성이다."

그라니안도 어느새 한국말을 하고 있었다.

"한국말을 꽤 잘하네."

"후배에게 물어보았다. 후배들과 네가 얘기를 하는 것을
이해하지 못하는 것이 싫었다."

이러다가 모든 몬스터가 한국말을 필수적으로 배우는 것
은 아닐까 하는 생각이 들었다.

드래고니안은 육체뿐만 아니라 지능도 인간보다 우수했
다.

다른 일본 헌터들은 이제 기본적인 몇 마디만 하는 수준이
었지만 그는 유창하게 한국말을 하였다.

"새로운 후배가 오면 귀찮지 않겠어? 너의 보금자리가 시
끄러워질 건데."

그라니안의 보금자리라고 하면 작게는 그의 집이겠지만
크게는 화산 지대 전체였다.

"그런 것은 상관없다. 저들의 육체 수련이 끝이 나면 새로 육체 수련을 시작하는 후배들이 필요하다."

새로운 후배가 필요한 이유를 차마 물어보지는 못했다.

하지만 충분히 예상할 수 있었다. 스트레스 해소용.

그에게 후배라는 존재는 스트레스 해소용 샌드백과 다르지 않았다.

그것에 대해 뭐라고 할 수는 없다. 그의 몽둥이찜질 실력은 여기서 나를 제외하고는 제일이었고 그것은 새로운 수련생들의 육체 완성에 크게 도움이 될 것이다.

새로운 조직을 만들기 위해서는 많은 인원이 필요하다.

작은 인원은 도움이 되지 않는다. 최소 수백 명의 인원이 있어야 안전하게 마을을 지킬 수 있다. 그들은 나를 통해 강해지고 나는 그들을 이용해 마을을 지킨다.

서로의 요구 조건이 맞는 사람들이 더욱 많이 필요했다.

하지만 믿을 수 있는 사람을 모은다는 것은 쉽지 않았다.

특히 인맥이 짧은 나 같은 사람이 조직을 만드는 일은 어려웠다.

내가 가진 인맥 중에 가장 믿을 만한 사람을 찾아가 조언을 요청했다.

"사장님, 오랜만입니다."

"그래, 정말 오랜만이다. 네가 죽었는지 살았는지는 지부장을 통해 듣고 있다. 일전에 소란스럽게 날뛰었다며. 진작 알았으면 구경하러 가는 건데."

농담 섞인 그의 말이었지만 걱정이 묻어 있었다.

"다음에는 사고 치기 전에 사장님한테 말하고 칠게요. 꼭 구경 오세요."

"뭐 좋은 거라고. 그건 그렇고 무슨 일로 찾아왔어? 네가 그냥 얼굴 보려고 찾아왔을 리는 없고."

"혹시 아는 헌터 중에 믿을 만한 사람들 있나요?"

"왜, 헌터 회사 하나 차리게? 내 밥줄까지 끊으려고 하나."

"그게 아니고요, 제가 헌터 수련소를 하나 만들었거든요. 거기에 수련생을 모집하려고 합니다."

"수련생? 언제 수련소를 다 만들었네. 나한테 말도 안 하고 실망이다."

사실 수련소라고 해봐야 그라니안의 보금자리였다. 만들었다고 하기에는 조금 애매하긴 했지만 수련소인 건 맞았다.

"그게 그렇게 됐습니다."

"믿을 만한 사람이라. 사람 뽑아서 수련시키는 것이 목적은 아닐 테고 중국 헌터들을 대비해서 만든 거냐?"

"만약의 사태가 일어나면 그렇게 되겠죠. 하지만 지금은 오로지 수련을 시켜 마을을 지키게만 할 생각입니다."

"계약 조건은 어떻게 되고?"

"수련이 끝나고 5년간 마을 근처에 거주하는 것 말고는 따로 조건이 없습니다."

"그래? 그 정도 조건이면 내가 추천해 줄 만한 사람 여럿 있지. "

"입이 무거운 사람으로 뽑아주세요. 수련 방법을 떠벌리고 다니는 사람은 필요 없습니다."

"수련생이라고 해도 뽑히면 네 라인을 타게 되는 건데 누가 수련 과정을 떠벌리고 다니겠냐. 그리고 최대한 심지 굳은 사람들로만 추천해 주마. 근데 그 수련이 효과가 있어?"

"이미 수련을 하고 있는 사람들이 있습니다. 사장님도 얼굴 본 적이 있을 겁니다. 전에 우리 마을 앞에 진을 치고 있던 일본 헌터들 기억나십니까?"

"그들이 이미 수련을 하고 있다고?"

"네 그렇습니다. 지금 거의 막바지에 다다랐습니다. 최소한 단계 이상의 랭크 업을 하게 될겁니다."

"아니 그들 전부 A급 이상의 헌터들이라고 기억하고 있는데 이렇게 짧은 시간에 한 단계 이상의 랭크 업을 했다고?"

"그렇습니다. 수련이 끝이 나면 최소 S급 이상의 헌터가 되어 있을 겁니다. "

"그러면 말이야, 나도 그 수련을 해도 될까?"

사장의 입에서 의외의 말이 튀어나왔다.

사장도 헌터였다. 강해지고 싶은 욕망이 강한 헌터였고 그는 B급 헌터로만 몇 년을 지냈다. 정체기에 빠진 자신의 실력을 높이고 싶은 그의 마음이 이해가 갔다.

"사장님. 수련은 정말 힘듭니다. 죽을지도 모르고요. 새로 수련생을 모집할 때 그들 전부에게 수명 포기 각서를 받을 생각입니다. 그 정도로 위험한 수련입니다. 그래도 하시겠습니까?"

"쉬운 수련이면 그렇게 짧은 시간에 랭크 업이 가능할 리가 없다는 것을 충분히 알고 있어. 그리고 일본 놈들도 참고 견디는 수련을 의지의 한국인이 견디지 못할 리가 없지."

"그리고 수련을 시작하게 되면 최소 몇주간을 일본에서 지내야 합니다."

그라니안의 보금자리로 들어가는 몬스터 도어가 도쿄에 있었기에 어쩔 수 없이 육체가 완성되기 직전까지는 도쿄 근처에서 살아야만 했다.

"그거는 의외긴 하네. 하지만 상관없어. 평생도 아니고 고작 몇 주 동안 일본에 있는 건데. 일본 구경도 하고 좋지 뭐."

사장은 마음을 굳게 먹었는지 정말 며칠이 되지 않아 20명의 헌터들을 모아 마을에 도착했다. 사장을 제외하고는 그들 모두 C급 이하의 헌터들이었지만 그런 것은 상관없었다.

"그러면 모두 일본으로 출발하세요. 2기 사람들이 마중을 나올 겁니다."

"그들이 2기면 1기는 누구야?"

사장의 질문에 대답 대신 옅은 미소를 지어 보였다.

＊　　　＊　　　＊

"으아아아아!"

사장이 1기 수련생의 몽둥이에 비명을 지르는 중이다.

처음 일본에 도착해서 1기 수련생의 존재가 드래고니안이라는 것을 알았을 때 사장은 놀라워하며 강한 존재에게 보내는 존경의 눈빛을 그에 보내었지만 그 시간은 길지 않았다.

누구라도 몸 구석구석 몽둥이찜질을 당한다면 존경 대신 쌍욕을 내뱉을 것이다.

"이런 수련이라고는 말 안 했잖아."

"힘든 수련이 될 거라고 말씀드렸잖아요. 목숨이 위험할 수도 있다고도 말했고요."

"그래도 그렇지 이건 너무하잖아. 수련이 힘든 거랑 맞아 죽을지도 모른다는 것은 엄청난 차이가 있다고."

"그래도 아직 죽은 사람은 아무도 없잖아요."

사장을 따라 3기 수련생이 된 사람들은 제각각의 사연이 있었다.

모든 사람이 사연이 있었지만 그들에게는 좀 더 각별한 사연이 있다.

모두 헌터 회사에 입사하지 못한 취업 준비생들이었다.

능력이 떨어져서, 아니면 사냥에 필요 없는 능력을 각성해서 헌터 회사에 입사를 거절당했고 헌터가 되지 못한 각성자들은 조금 특별한 능력을 가진 일반인일 뿐이었다.

각성자가 되는 순간 가족들의 기대는 하늘 끝까지 올라간다.

하지만 그들이 헌터가 되지 못하는 순간 그 기대는 땅 끝으로 순식간에 추락하고 만다.

그들이 받는 부담감은 일반 사람들의 몇 배에 달했다.

그랬기에 일본으로 넘어와 이런 수련을 견뎌내고 있는 것이었다.

"다른 사람들도 잘 견디고 있는데 B급 헌터인 사장이 이렇게 앓는 소리를 하시면 안 되죠."

B급 헌터이자 사냥의 경험이 많은 사장이었기에 여기에 있는 다른 수련생들보다 훨씬 좋은 신체 조건을 가지고 있었다. 사냥을 통해 만들어진 몸이 다른 사람과 같을 수는 없는 일이다.

하지만 그런 그도 기운을 봉인당하고 몽둥이찜질을 당해

본 경험은 없었기에 악에 받친 비명만을 질러냈다. 아무리 정신 능력이 뛰어난 사람이라고 해도 드래고니안의 몽둥이질에 비명을 지르지 않을 수 없었다.

일본 헌터들은 육체 완성이 끝나고 다음 수련을 기다리며 3기 수련생들의 수련을 지켜보고 있었다.

"스승님. 저 수련생은 떡잎이 보입니다."

SS급 헌터인 요이치가 나의 곁을 보좌하듯이 서서 말했다.

"그러네. 그라니안한테 몽둥이찜질을 당하면서 비명을 지르지 않는 사람은 저 사람이 최초지 아마? 너희들도 마지막까지 비명을 질렀잖아."

일본 헌터들은 부끄러운 듯 고개를 돌려 모른 척을 했다.

"저런 정신력을 가지고 있다면 분명 훌륭한 헌터가 될 겁니다."

"그럴 것 같네. 이름이나 물어봐야겠어."

나는 이름을 외우는 것을 싫어했다. 아직 일본 헌터들의 이름을 요이치 말고는 물어보지도 않았다. 하지만 저기 있는 소년티를 벗지 않은 청년의 이름은 알고 싶었다.

비명 소리가 잦아들고 그라니안이 피에 젖은 몽둥이를 가보처럼 소중히 안고는 내 옆으로 걸어왔다.

"어때, 3기 수련생들은 2기 수련생들보다 약하지?"

"때리는 맛이 적군. 저기 있는 저 사람 말고는 제대로 힘도 쓰지 못하겠다."

그가 가리킨 사람은 3기 수련생의 장을 맡고 있는 사장이었다.

유일한 B급 헌터인 그가 수련생들의 대표가 되는 것은 당연한 일이었다.

"다른 사람을 두드릴 때는 성에 차지 않는데 저 사람을 때릴 때는 신이 나더군. 그래서 다른 사람들보다 더 많이 두드렸다."

사장이 들으면 기절할 말을 너무도 쉽게 내뱉는 그라니안이었다.

"그래도 2기 수련생들보다는 약한 사람들이니까 사정 좀 봐주면서 해."

"싫다. 너는 내 사정을 봐준 적 있는가?"

그라니안이 그렇게 물어보자 할 말이 없었다. 나도 그를 수련시킬 때 한계까지 몰아붙였기 때문이다.

여전히 몽둥이를 끌어안고 있는 그라니안을 두고 3기 수련생들에게 다가갔다.

"고생하셨습니다."

"추용택 너 진짜 두고 보자. 진짜 삭신이 안 아픈 데가 없어."

"이 수련 금방 끝날 겁니다. 조금만 참으세요."

"조금만이 언젠데. 몇 주가 조금만이냐?"

"흠흠."

괜히 헛기침을 하고는 쓰러져 있는 사장의 옆을 벗어나 비명을 지르지 않고 참아내는 수련생에게로 다가갔다.

"고생하셨습니다."

"괜찮습니다. 참을 만합니다."

가까이서 그를 보자 그의 나이가 내 생각보다 더 어릴 수도 있다고 생각되었다.

"나이가 어떻게 되세요?"

"이제 18살 되었습니다."

아직 성인이 되지도 않은 나이였다. 어린 나이에 이런 수련을 받는 것이 괜찮을 리가 없었다.

"아직 나이도 어리니 수련을 포기한다고 말하면 기운의 봉인을 풀어주겠습니다."

기운의 봉인을 풀 수 있다는 말을 들으면 대다수의 인원들이 쉽게 수련을 포기하는 일이 생길 것 같아서 아무에게도 말을 하지 않았다.

나도 루카라스에게 봉인을 푸는 방법은 요 근래가 돼서야 들을 수 있었다.

그도 내가 포기할까 봐 말을 하지 않았던 것이다.

"정말 괜찮습니다. 절대 수련을 포기하는 일은 없습니다."

굳은 의지가 담겨 있는 목소리.

그에게는 어떤 사연이 있을까?

묻고 싶었지만 묻지 않았다. 괜히 상처를 후벼 파는 질문이
될 수도 있었다.

"이름이 어떻게 되나요?"

"정기람입니다."

"집은 대구인가요?"

"그렇습니다. 대구 칠곡에 살고 있습니다."

차마 가족 관계에 대해서는 물어볼 수 없었다. 몬스터 범람
에 가족 하나 잃지 않은 사람이 없는 시대였다. 가족 관계를
물어보는 것은 실례다.

"그럼 계속 수고하세요. 잘 해낼 거라고 믿겠습니다."

"네 알겠습니다."

악에 가득 찬 그의 목소리와 독기 가득한 그의 눈빛.

그가 어떻게 성장할지 기대가 되었다.

수련생들을 일본으로 보낸 지도 2주가 지났지만 중국 쪽에
서는 어떠한 움직임도 보이지 않고 있었다. 단지 헌터 협회에
지속적으로 공문을 보내 압박을 하긴 했지만 그것은 나와 상
관이 없는 일이었다.

3기 수련생들의 육체가 완성이 되면 마을 근처에 숙소를

잡아주어야 한다.

일부는 마을 안에서 살 수 있을 정도로 마을에 빈집이 있긴 했지만 차별 대우를 하지 않기 위해 마을 옆에 새로운 거주지를 만들기로 했다.

20명의 헌터가 살 공간으로 기숙사 하나를 만드는 것이 편할지도 모르겠으나 그들의 가족까지 생각하면 마을을 만들어야 했다.

20명의 헌터가 모두 가족을 데리고 온다면 80명이 넘는 인원이 거주해야 될지도 몰랐다.

그들의 가족 관계를 정확히 묻지는 않았지만 처음 계약서를 작성할 때 가족과 함께 거주할 공간을 만들어준다고 약속했다.

수련이 끝나면 월급도 약속했다. 일반 헌터 회사의 헌터보다 약간 적은 돈이기는 했지만 지금의 그들에게는 몇 달을 일해도 벌지 못하는 금액이었다.

건물을 올리고 그들에게 월급을 주는 것은 많은 돈을 필요로 한다.

마정석을 돈으로 환전해 충당이 가능하긴 했지만 더 많은 수련생들이 모이게 된다면 불가능하게 될지도 몰랐다.

새로운 수익 구조가 필요하긴 했다.

하지만 아직은 고민할 단계가 아니기에 3기 수련생의 수련이 끝이 날 때 사장과 머리를 맞대고 고민을 하기로 했다.

새로운 마을을 만드는 것은 이전에 우리 마을을 재건축했던 대구토건 박남득 사장에게 다시 부탁을 했다.

그는 우량 고객인 내 부탁에 한걸음에 마을로 들어와 계약서를 작성했다.

100명 정도가 살 수 있는 마을을 만들어달라는 내 부탁에 그의 입에 귀에 걸렸고 선금으로 건설 금액의 절반을 주자 입은 찢어져 나갈 것만 같았다.

준비는 이 정도면 어느 정도 끝이 났다.

이제는 내가 더 강해져야 할 시간이다.

요즘 들어 수련을 뜸하게 했다.

일주일에 세 번 이상은 찾아가던 루카라스의 보금자리를 요즘은 한 번도 잘 찾아가지 않았다.

바쁘다는 핑계를 델 수도 있었지만 내 의지가 약해진 것일 뿐이다.

수련생들이 발전하는 만큼 나도 발전하고 싶었다.

나도 그들과 다르지 않는 헌터다. 항상 힘에 굶주려 있는.

"루카라스 님. 저 왔습니다."

"오랜만이군. 오늘은 피 냄새도 나지 않는 걸 보니 수련을 하려고 왔는가 보군."

"그렇습니다. 이제 마음잡고 수련에만 집중을 할 생각입니다."

"그건 알아서 하고 준비되었으면 어서 들어와라."

오랜만에 자신을 찾은 나한테 삐져 보이는 그였다. 오늘 그의 손속이 매서울 게 분명했다.

"오늘은 저도 마음 단단히 먹고 왔습니다. 방심하시다가 당할지도 모릅니다."

오늘은 전과 달리 기운을 최대한 이용한 공방전이 펼쳐졌다.

서로 간에 거리를 두고 기운을 이용해 칼날을 날리고 장벽을 세워 막았다.

하늘에서 날아드는 공격을 막으랴 땅 밑에서 솟구치는 흙창을 피하랴 몸이 한시도 가만히 있을 수가 없었다.

그리고 마지막까지 서 있는 자는 루카라스였다.

아직은 그의 힘을 넘어설 수가 없었다. 처음에 비해 공방은 길어졌고 대련 같은 대련이 되었지만 그것이 전부였다.

전투가 익숙해지는 것을 제외하고는 기운이 늘어나지 않고 있었다.

이대로 대련을 계속한다고 해도 그를 넘어설 수는 없을 것 같다.

특단의 방법이 필요했다.

"안 되겠어요. 개인 수련을 좀 하고 돌아오겠습니다."

"그러든지. 알아서 해라."

여전히 삐진 얼굴을 하고 있는 그를 두고 마을로 돌아왔다.

현재 대구 지역에 남아 있는 몬스터 도어는 루카라스가 살고 있는 곳을 제외하면 봉인된 곳만이 남아 있었다.

보통 몬스터 등급을 매기는 것은 헌터 협회의 일이었다.

협회는 몬스터의 개체수와 종류에 따라 등급을 나누었고 그것은 꽤 효과적이었다.

등급조차 정해지지 않고 봉인된 몬스터 도어도 있었는데 그곳은 사냥이 불가능하다고 판단된 곳이었다. 주로 몬스터 도어가 바다 깊숙이 있거나 화산 한가운데 있는 경우가 대부분이었다.

헌터들이 들어가자마자 죽을 수밖에 없는 환경인 곳의 몬스터의 개체수를 파악하고 종류를 알아내는 것은 불가능한 일이었다.

그런 몬스터 도어가 나의 먹잇감이었다.

능력을 키우기 위해서는 새로운 힘을 흡수해야 된다는 것을 느끼고 있었다.

나는 대구에서 가장 큰 대학교가 있는 곳으로 이동했다.

그 대학교는 경산에 더 가까운 곳이었지만 봉인된 몬스터 도어가 있는 곳 중에서 가장 가까운 곳이었다.

나는 하늘을 날아갔기에 그곳에 도착하기까지 오랜 시간은 걸리지 않았고 이번 한 번만 이동하면 되기도 했다.

나에게는 사기 급 아이템인 텔레포트 목걸이가 있었기 때문이다.

"여기도 완전 파괴되었네."

수많은 젊은 학생들이 다니던 길목은 형체도 알아보지 못할 정도로 부서져 있었다.

몬스터 도어에 대한 통제권을 일임받았기에 아무런 고민도 없이 봉인을 뜯어내었다.

몇 개의 콘크리트 벽을 거둬내자 몬스터 도어의 모습이 보이기 시작했다.

몬스터 도어를 통해 들어간 몬스터 월드는 망망대해에 떠있는 섬이었다.

아무도 살지 않는 무인도.

나무가 없는 섬에는 새조차 살지 못했고 몬스터조차 보이지 않았다.

10분이면 다 둘러볼 수 있을 정도로 작은 섬이었다.

"여기에 몬스터 도어가 왜 생긴 거지?"

그 의문은 얼마 되지 않아 해답을 찾을 수 있었다.

거대한 파도가 섬을 덮치고 있었다.

섬이 아니라 바닷속에 있는 봉우리 중 하나였다. 조금만 큰 파도가 와도 섬은 사라지고 물속에 잠기게 된다.

수중 호흡이 가능하기 때문에 물속이라고 해도 불안감은 들지 않았다.

오히려 물 안에 들어서자 마음에 안정감이 찾아왔다.

마음이 진정되자 몬스터들의 기운이 느껴졌다.

오우거급의 몬스터부터 자연계 몬스터까지 일반 몬스터 월드에 비해 더 많은 몬스터들이 바닷속에서 살아가고 있었다.

'바로 가장 강한 몬스터가 있는 곳으로 가자. 그 몬스터가 보스급 몬스터일 가능성이 가장 높겠지.'

기운이 느껴지는 곳은 바다 깊숙이 빛조차 잘 들어오지 않는 심해였다.

이동하는 것만 해도 오랜 시간이 걸렸다.

심해에 건설되어 있는 성.

성이라고 부를 정도의 건축물은 아니었지만 다른 단어는 생각이 나지 않았다.

무수히 많은 암벽과 해초들로 만들어진 그곳은 성과 다를 바가 없었다.

그리고 입구에서 나를 기다리고 있는 초거대 대왕 오징어 한 마리가 보였다.

성을 막아서고 있는 문지기로 보였다.

저 대왕 오징어의 다리 한쪽만 뜯어 가도 마을 사람들이 며칠은 배불리 먹을 수 있을 것 같았다. 하지만 저 거대 오징어의 피도 마정석에 오염되어 있었기에 사람이 먹을 수는 없었고 아쉽지만 나 혼자 맛을 봐야 했다.

오랜만에 만나는 새로운 종의 몬스터에 피가 반응했다.

내 몸의 피가 어서 새로운 힘을 달라고 나를 보채고 있었다.

기대에 부응하기 위해 나는 오징어를 향해 전속력으로 질주했다.

나는 바닷속을 수영하는 것이 아니라 뛰는 것처럼 오징어에게 다가갔고 오징어는 거대한 다리를 이용해 나를 가로막으려고 했다.

밧줄에 묶이는 것을 좋아하지 않기에 그의 다리를 피해 몸통으로 다가가려고 했지만 집요하게 나를 노리는 10개의 다리를 전부 피하기는 어려웠다.

수중 전투는 처음이었기에 약간 미숙했다.

오징어의 다리가 조여오는 힘은 지금까지 상대해 왔던 어떤 지상형 몬스터의 힘보다 강했지만 나를 묶어두기에는 역부족이었다.

자연계 몬스터도 아닌 일개 오징어가 내는 힘은 대단했지만 그는 오늘 나의 먹잇감에 불과했다.

나는 미끄러운 피부를 가지고 있는 오징어의 머리에 구멍을 만들었고 구멍을 키워 안으로 들어갔다. 그리고 여유롭게 오징어의 힘을 흡수하기 시작했다.

오랜만에 느껴지는 전율에 전보다 더 강한 희열이 느껴졌다.

온몸이 부들부들 떨리고 발끝이 오그라들었다.

                    *   *   *

대왕 오징어의 부드러운 속살 구경을 충분히 마치고 성의 입구로 보이는 곳으로 이동했다.

성 안에는 어떤 해산물이 나를 기다리고 있을지 기대가 되었다.

대구 출신이라 신선한 해산물을 먹어본 적이 드물었기에 이곳은 나에게는 어떤 만찬장보다 좋은 메뉴가 가득했다.

성의 수문장이 오징어였다면 성 1층을 지키고 있는 몬스터는 문어였다.

문어와 오징어의 맛을 비교한다면 문어의 맛을 더 좋아하는 나였다.

오징어보다는 조금 작은 크기를 가지고 있는 문어였지만

충분히 맛깔스러웠다.

일부러 그의 다리에 잡혀 문어의 몸 쪽으로 끌려갔다. 문어는 나를 먹잇감으로 생각하고 입안으로 집어넣으려고 했고 나는 오히려 발을 굴러 입으로 들어갔다.

엉덩이가 있는 곳에 입이 있었기에 마치 항문으로 들어가는 기분이 들었지만 크게 상관하지 않았다.

문어의 딱딱한 이빨이 나를 씹어 삼키려고 했지만 오히려 내가 이빨을 모조리 부숴 버렸다.

그러고는 곧장 문어의 힘을 흡수하기 시작했다.

오징어보다 많은 힘을 가지고 있는 문어였지만 두 번째로 힘을 흡수하는 것이라 많은 전율은 느껴지지 않았다.

오징어에 이어 문어까지 흡수했기에 기분이 좋아졌다.

한동안 몬스터의 힘을 흡수한 적이 없었고 오늘 하루에 두 마리의 몬스터의 힘을 흡수했기 때문이다. 아직도 성의 중심에 절반도 가지 않았다. 벌써 만족하기에는 일렀다.

성은 3층으로 되어 있는 것으로 보였다.

2층에는 해마처럼 생긴 몬스터가 나를 기다리고 있었고 나는 어렵지 않게 목을 물어 힘을 흡수했다.

3층에 다다르자 이 성의 주인이 화를 내기 시작했다. 그에게서 느껴지는 기운은 일반 자연계 몬스터보다 강한 기운이었다. 하지만 루카라스에 비하면 터무니없이 약한 힘이기도 했다. 벌써 루카라스와 수십 번의 대련을 한 내가 고작 해산물에 겁을 먹을 리가 없었다.

쾅!

뱀의 꼬리처럼 보이는 것이 벽을 쳤다.

성의 암벽들이 흔들렸고 떨어지는 바위들을 피해 몸을 움직이며 성의 주인에게 다가갔다.

성의 주인은 거대한 장어였다.

천 년 묵은 뱀이 이무기가 된다는 소리는 들어봤어도 장어가 이렇게 큰 덩치를 가지고 있다는 얘기는 처음 들어보았다.

이 장어도 좀 더 기운을 쌓으면 용이 되는 건가?

용이 될지도 모르는 장어를 오늘 메인 메뉴로 삼았다.

굽어 있던 장어의 몸이 펴지자 보기보다 긴 몸뚱아리를 가지고 있었다.

그는 성의 구멍을 통해 잽싸게 움직이며 나를 공격했다.

꼬리 공격이 주를 이루기는 했지만 성을 흔들어 암벽을 떨어뜨려 나에게 피해를 입히려고도 했다.

루카라스보다도 못한 장어의 공격에 피해를 입기라도 하면 내 자존심에 씻을 수 없는 상처로 남을 것 같았기에 장어의 공격을 최대한 피해내었다.

그런 나의 모습이 마음에 들지 않았던지 장어는 기운을 끌어 올리기 시작했다.

바닷속에 살고 있는 장어답게 그가 가지고 있는 기운은 물의 기운이었다.

성안에 있던 바닷물들이 요동을 치기 시작했고 거대한 소용돌이가 만들어졌다.

물속에서 소용돌이를 만날 거라고는 예상을 못 했지만 장어가 소용돌이를 만든다면 나도 충분히 소용돌이를 만들 수 있을 거라고 생각했다.

장어에게 지지 않기 위해 몸에 있는 모든 물의 기운을 끌어올려 또 다른 소용돌이를 만들었다. 물속에서 펼쳐지는 소용돌이 간의 전투가 시작되었다.

장어도 소용돌이를 만드는 데 집중을 하는지 더는 공격을 하지 않고 있었다.

나는 소용돌이를 만들기는 했지만 충분히 여유가 있었다.

지금 장어를 공격할 수도 있었지만 장어도 마지막으로 혼신의 힘을 다하고 싶을 거라는 생각이 들어 힘 대결을 해주기로 했다.

보스급 몬스터에게 내가 보일 수 있는 최대한의 예의였다.

소용돌이 간의 힘겨루기에서 덩치가 큰 장어의 소용돌이가 우세해 보였지만 사실은 달랐다.

속에 담긴 기운이 달랐다. 덩치만 키운 그의 소용돌이는 유리와 같은 상태였다.

장어도 그 사실을 느꼈는지 급히 소용돌이를 회수하고는 성 주변을 얼리기 시작했다.

바닷물이 얼어붙을 정도로 강한 냉기를 뿜었지만 나에게 냉기는 통하지 않는다.

그 사실을 모르는 장어는 여전히 모든 기운을 냉기를 뿜어내는 데 사용하고 있었다.

한참이나 냉기를 뿜어내었지만 내가 얼어붙지 않자 장어는 분노하기 시작했다.

몸을 비틀어대며 성을 부수기 시작했다. 성이 부서지기 전에 장어를 처리해야 했다.

물론 성이 무너진다고 해도 큰 피해를 입을 것 같지는 않았지만 암벽을 부수며 탈출하고 싶은 마음은 없다.

장어의 꼬리를 잡고 근육을 잡아 뜯었다. 여전히 발광을 하고 있는 장어의 척추 한 곳을 으깨 버렸다. 그제야 장어의 움직임이 잠잠해지기 시작했다.

장어를 먹어본 지가 언젠지 기억도 나지 않는다.

나는 감사한 마음으로 장어의 살을 물어뜯으며 얼굴을 파묻었다.

'감사하게 먹겠습니다. 이 힘은 꼭 루카라스를 이기는 데 사용하겠습니다.'

장어가 알지는 못하겠지만 최대한 감사의 마음을 이빨에

담았다.

온몸이 찌릿해지는 느낌이 머리를 강타했다. 확실히 이전에 흡수했던 오징어와 문어와는 차원이 달랐다. 사람들이 왜 장어를 좋아하는지 알 것만 같다.

장어의 눈빛이 멍해져서야 그에게서 떨어졌다. 하지만 아직 마무리 작업이 남았다.

이 정도 크기를 가진 장어라면 분명히 일반 몬스터보다 엄청 큰 마정석을 가지고 있을 것이다. 정확히 가죽을 반으로 갈라 장어의 몸을 헤집었다. 마정석은 장어의 머리 부근에 위치하고 있었다. 마을로 돌아가기 전에 오징어와 문어의 마정석도 갈무리했다.

마을로 돌아와 마정석을 지하실에 던져 놓고는 뒷산에 있는 바위로 올라갔다.

새로 얻은 기운을 통제해야 할 시간이 필요했기 때문이다.

충만한 물의 기운이 몸을 차갑게 만들고 있었다. 이대로 둔다면 내 주위가 얼어붙어 버릴 것만 같았다. 아직 완전히 기운을 통제하지 못하고 있기 때문에 생기는 현상이다.

두 눈을 감고 기운에 집중했다. 기운이 몸 곳곳으로 퍼져나가게 인도했다.

물의 기운은 조금 앙탈을 부렸지만 어렵지 않게 나를 받아들였다.

내가 가진 기운 중에 가장 강한 기운이라고 하면 불의 기운과 흙의 기운이었다. 반대로 가장 약한 기운은 물의 기운과 쇠의 기운이었다. 바람의 기운은 그 중간에 위치하고 있었다.

하지만 이제 물의 기운이 바람의 기운의 자리를 제치고 올라섰다.

기운의 균형을 맞추고 싶었지만 그러기가 쉽지 않았다. 내가 가진 기운은 자연을 통해 받아들인 것이 아니라 몬스터의 힘을 흡수한 것이기 때문에 기운이 가지고 있는 힘의 강도는 제각각이었다.

지금 가진 모든 기운을 조화롭게 사용할 수 있다면 루카라스라도 나를 쉽게 상대하지 못할 것이다. 하지만 이제 세 가지의 기운을 사용하는 것도 어려운데 다섯 가지의 기운을 동시에 조화롭게 사용한다는 일은 불가능에 도전하는 것과 마찬가지였다.

조급함을 버려야 했다. 강해지고자 하는 욕심은 노력을 하게 만들지만 조급함은 실수를 만들어낸다.

기운을 갈무리하고 난 다음 날 나는 3기 수련생들이 한창 수련을 하고 있는 그라니안의 보금자리를 찾았다.

혹시나 그라니안이 손을 과하게 쓰는 것이 아닐까 걱정이 되기도 했고 2기 수련생들의 새로운 수련도 시작해야 했다.

수련장으로 들어서자 이미 바닥에 나자빠져 멍하니 하늘만 바라보고 있는 3기 수련생들의 모습이 보였다. 옷은 찢어져 나풀거리고 있었고 그들의 얼굴은 보라색으로 물들어 있었다.

바닥은 피가 흥건해 흙의 색깔이 원래 붉은색이 아니었을까 하는 착각을 불러일으키기 충분했다.

"다들 수고했습니다."

내 말이 3기 수련생들에게 들렀겠지만 그들은 고개를 돌릴 힘도 남아 있지 않은 듯 눈알만 돌렸다.

확실히 인간이 견디기에는 힘든 수련이다. 나보고 다시 저 수련을 하라고 하면 무조건 도망을 갈 것이다.

"스승님 오셨습니까."

"네, 이제 다음 단계로 넘어갈 준비도 마쳤으니 시작해야죠."

3기 수련생들은 그릇이 완성되는 대로 한국으로 돌아와 수련을 계속할 것이지만 2기 수련생들은 일본 헌터들이었기에 이곳에서 계속 훈련을 하는 것이 적합했다.

그들에게 한국으로 넘어오라고 하는 것은 고향을 떠나라는 말과 다르지 않았기에 그러지 않았다.

"스승님, 저번에 말씀하셨던 대로 헌터들 명단을 뽑아 왔습니다. 이들 전부 일본 정부와는 크게 관련이 없고 믿을 만한 사람들입니다."

이미 3기 수련생들이 수련을 시작했다. 이 시점에서 새로운 수련생을 받으면 족보가 꼬이게 되지만 그것은 수련생들이 처리할 문제였다.

"13명이군요. 요이치 씨가 추천한 사람이니 문제는 없겠죠. 이들 전부를 수련장으로 데려오세요."

일본 헌터를 수련시키는 일은 남 좋은 일을 시키는 일이 될 수도 있었지만 언젠가는 도움이 될 것이 분명했다.

특히 요이치가 이들을 관리하기로 했기에 그의 파벌이 더욱 강해지는 결과가 된다.

이미 일본 헌터 협회에서 인정을 받고 있는 그였지만 나에게 도움이 되기 위해서는 더 높은 위치에 있는 것이 좋았다.

그가 일본 헌터 협회 회장이라도 된다면 더 바랄 것이 없었다.

"알겠습니다. 그러면 내일 바로 수련장으로 데리고 오겠습니다."

"그러세요. 그러면 다음 단계 수련을 할 장소로 이동하죠."

헌터들이 가지고 있는 기운의 바탕은 다들 달랐다. 하지만 공통적으로 가지고 있는 힘은 물의 힘이다. 물은 인간이 가지고 있는 기본적인 힘이었고 첫 수련 단계는 물의 기운을 받아들이는 것부터 시작해야 했다.

물의 기운을 활성화하게 되면 몸에 흐르는 기운들의 통로가 확장되고 좀 더 능숙하게 기운을 사용할 수 있게 된다. 물의 기운은 머리 쪽부터 시작해서 발끝으로 흘러 내려간다.

몸을 정화하는 단계라고 볼 수 있었다. 더러운 노폐물들을 물의 힘을 빌려 방출하는 것이다.

"들어가세요."

"호수에 들어가기만 하면 되는 겁니까?"

화산 지대 옆에 있는 물이지만 따듯한 정도의 물이었다. 수심이 깊어 물의 기운을 받아들이기에 적당한 장소라고 생각되었다.

이미 그라니안이 들어갔던 장소이기도 했다.

"네, 들어가시면 됩니다. 아, 그리고 다들 이걸 발에 묶으세요."

"바위를 발에 묶으면 어떤 도움이 되는 겁니까?"

"바위가 딱히 도움을 주지는 않습니다. 단지 물 밖으로 못나오게 하는 역할을 할 뿐이죠."

그들의 얼굴에서 당혹스러움을 느낄 수 있었다.

"어서 들어가세요. 이러다가 해 지겠습니다."

나를 자신들의 스승으로 여기는 2기 수련생들이었지만 자신의 발에 돌덩어리를 묶고 호수로 뛰어드는 결정을 하는 것은 힘든 선택이었다.

그래도 한 명도 빠짐없이 호수로 뛰어들었다. 내가 자신들을 죽이지는 않을 거라는 생각을 한 듯했다.

"그라니안. 2기 수련생들이 호수 안으로 들어갔으니까 좀 지켜봐 줘."

물속에서 기포가 갑자기 솟구치기 시작했다. 2기 수련생들이 손을 허우적거리며 나를 붙잡는 것처럼 보였지만 나는 수련을 그라니안에게 맡기고 3기 수련생들에게 다가갔다.

설마 그라니안이 후배들을 죽이지는 않겠지.

3기 수련생이 쉬고 있는 수련장에 다가가자 가장 먼저 기운을 차린 사장이 나의 발을 붙잡았다.

"용택아. 아무리 생각해도 이건 아닌 것 같다. 밤에도 저 용새끼한테 맞는 꿈을 꾼단 말이야."

알려주지 않아도 내가 드래고니안을 부르는 애칭을 알고 있는 사장이었다.

역시 사람의 생각은 거기서 거기라는 것을 다시 한 번 느낄 수 있었다.

"저도 그랬어요. 조만간 적응이 될 거예요."

내 말은 거짓말이다. 나는 아직도 악몽을 꾸곤 한다. 루카라스가 내 몸을 두드리며 웃는 악몽을.

사장 다음으로 몸을 일으킨 사람은 정기람이었다.

가장 어린 나이의 그였지만 독기만은 그 누구한테도 뒤지지 않는 그였다.

"기람이 너도 그만두고 싶어? 그렇게 고통스러워?"

나이 차이가 많이 나기에 그는 자신에게 반말을 할 것을 요구했고 나는 자연스럽게 그에게 말을 낮췄다.

"아닙니다. 견딜 만합니다. 괜히 사장님이 엄살을 부리시는 겁니다."

3기 수련생들은 3기 수련생 대표인 사장을 이름 대신 사장님이라고 불렀다.

사장도 그러기를 원했고 수련생들도 그 단어가 입게 감겼나 보다.

"기람아. 내가 엄살이라니. 다른 사람을 봐라. 다들 너를 괴물 보듯이 보고 있잖아. 내가 정상이고 네가 비정상이야."

"이것만 참아내고 랭크 업을 할 수 있다면 저는 백번이고 더 하겠습니다. 아니, 이보다 더한 수련도 참아내겠습니다."

"그래, 알았어. 너랑 말해봐야 내 입만 아프지."

나는 사장과 말을 하면서 수련생들의 상태를 살폈다.

아직 수련을 시작한 지 며칠 되지 않았기에 많이 부족해 보였다. 어서 육체 수련이 끝이 나야 한국으로 데려가 기운을 통제하는 수련을 시킬 수 있었다.

그들을 써먹기 위해서는 아직도 몇 달의 시간은 필요했다.

'그라니안에게 수련의 강도를 조금 높여달라고 해야 되나?'

3기 수련생들이 들었다면 밤거리에서 뒤통수를 조심해야 할 생각을 서슴없이 했다.

"수련의 강도가 약한가?"

"용택이 너 뭐라고 했어? 내가 잘못 들은 거 아니지?"

"아무 말도 안 했어요."

"너 그라니안한테 한마디만 해봐, 너랑은 의절이야!"

*　　　*　　　*

두 달이 넘는 수련 기간을 거친 3기 수련생들의 눈에는 독기가 가득했다. 독기가 아니라 분노라고 볼 수도 있었다. 그들의 분노는 한국으로 돌아올 때까지 풀리지 않고 있었다.

그렇다고 해서 분노의 대상이 나는 아니었다. 모든 욕은 그라니안이 먹고 있었다.

"모두들 두 달 동안 고생 많으셨습니다."

"이제는 맞는 일 없는 거지?"

"네, 이제는 몽둥이를 드는 일은 없을 겁니다."

몽둥이 대신 오행 지옥이 기다리고 있다는 말은 차마 하지 못했다.

미리 의욕을 떨어뜨릴 필요는 없다.

"제가 미리 말씀드린 대로 숙소를 마을 근처로 만들어두었습니다. 그리로 이동하겠습니다."

두 달이라는 시간은 작지만 하나의 마을을 만들기에 충분한 시간이었다.

건물 빨리 짓기 대회가 있으면 대구토건 박남득 사장이 순위권에 들 것이다.

"여기가 우리 숙소야? 생각보다 너무 좋아서 당황스러운데."

사장이 너스레를 떨었다. 헌터 회사의 사장까지 했던 사람이 고작 작은 집에 놀랄 이유는 없었지만 그를 제외한 다른 사람들은 너스레가 아니라 정말 놀란 눈으로 마을을 둘러보았다.

나는 우리 마을과 20분 정도 떨어진 이곳에 마을을 짓기 위해 땅까지 샀다. 이 마을은 나의 두 번째 사유지이기도 했다.

"스승님. 정말 여기가 저희가 살 곳인가요?"

기람이가 이렇게 놀라는 모습은 처음 봤다. 아무리 고된 수련도 감정을 숨기며 묵묵히 참는 그가 이렇게 다채로운 표정을 지을 수 있다는 사실을 오늘 알았다.

"그래. 여기가 수련생들의 숙소야. 가족이 있는 사람이 큰 집에 살게 될 거야. 다들 사장님한테 데리고 올 가족 숫자를 얘기하고 집을 배정받으면 돼."

"왜 내가 부동산 사장 노릇까지 해야 되는데!"

"헌터 회사 사장이나 부동산 사장이나 같은 사장인데 그냥 넘어가요."

사장은 볼멘소리를 했지만 그도 그렇게 싫은 눈치는 아니었다.

괜히 3기 수련생들한테 생색을 낼 뿐이었다.

100명을 예상하고 지은 마을이었지만 3기 수련생들은 가족이 별로 없었다.

대부분이 고아거나 한두 명의 가족만이 있을 뿐이었다.

소수의 인원을 위해 원룸 형식으로 지은 건물에 대부분의 수련생들이 자리를 잡았고 마을 대부분이 빈집으로 남게 되었다.

"이거 너무 크게 만든 건 아닌지 모르겠네요."

"괜찮아. 수련생 우리만 뽑고 말 거 아니잖아. 언젠가는 마을에 집이 부족할 날이 오겠지."

마을에 집이 부족한 날은 생각보다 빨리 찾아왔다.

3기 수련생들이 기운을 되찾아가면서 헌터 자격시험을 치렀다. 근데 그들의 랭크가 이전보다 한 단계에서 많게는 두 단계까지 뛰어올랐다는 사실이 헌터들의 귀에 들어가게 되었고 많은 헌터들이 수련생들의 마을로 몰려들기 시작했다.

"사장님, 어떻게 하죠? 이렇게 많은 수련생을 받을 수는 없는데."

인원이 많으면 좋다고 생각은 했지만 한 번에 이렇게 많은 사람들이 모여드는 것을 원한 것은 아니었다.

"음, 일단 가려서 뽑아야지."

"가려서 뽑는 거는 사장님 전문이잖아요. 헌터 회사를 운영했던 경험을 살려 4기 수련생을 뽑아주세요."

"너 자꾸 귀찮은 일을 나한테 떠넘기려고 하는 것 같다. 자꾸 그러면 나 화낸다."

"이번 일만 도와주시면 드워프제 맥주 두 통을 선물로 드릴게요."

드워프제 맥주에 한번 빠지게 되면 주당들은 헤어 나오지 못하게 되어 있다.

사장도 알아주는 주당인지라 당연히 내 부탁을 거절하지 못했다.

"내가 절대 맥주 때문에 하는 게 아니라 4기 수련생이면 내 후배인데. 후배를 아무나 받을 수 없어서 도와주는 거야. 흠흠."

"알고 있습니다, 사장님. 그럼 부탁드리겠습니다."

사장은 몇 명의 3기 수련생을 대동하고 대대적인 면접을 시작했다.

헌터 마을에 모여든 사람 수만 해도 200명이 넘었다.

그들에게 일일이 번호표를 배부하고 면접 날짜를 잡아주었다.

이곳에서 그들이 지내게 할 수는 없었기에 면접 날짜에 다시 모이라고 통보했다.

300명의 인원 중에 몇 명이나 4기 수련생이 될 수 있을까?

정신이 제대로 박힌 사람 30명만 뽑아도 만족이었다.

능력보다는 인성이 중요했다. 능력은 키워줄 수 있지만 인성은 힘들었다.

이미 성인이 된 사람들의 인성을 잡아주는 것은 엄청난 노력이 필요하고 귀찮은 일이었다.

인성을 잡는 일까지 그라니안에게 부탁을 할 수는 없으니.

4기 수련생을 한창 뽑고 있을 때 지부장이 나를 찾아왔다.

그의 표정이 밝지 않은 것을 보아 마정석을 받으러 온 것은 절대 아니었다.

마정석을 받으러 올 때마다의 그의 표정은 하늘을 날아갈 것처럼 해맑았기 때문이다.

"무슨 일입니까?"

"그게 중국 정부에서 최후통첩을 보내왔습니다."

"어떤 내용입니까?"

"두 달 안에 추용택 씨를 중국으로 보내지 않는다면 중국의 모든 헌터뿐만 아니라 모든 각성자를 한국으로 보내겠다는 내용입니다."

중국에 있는 헌터의 수는 정확히 집계를 하지 못하고 있었다.

헌터 협회에 등록하지 않고 각자의 계파에 따라 움직이는 각성자가 많았기 때문이다.

그들이 가지고 있는 힘이 헌터 협회가 가지고 있는 힘보다 강하다는 평도 나돌고 있었다.

무협지에서나 보던 무술을 연마하는 그들의 힘이 궁금하기도 했지만 그렇다고 한국으로 그들 전부를 초대하고 싶은 마음은 전혀 없었다.

"두 달 안에 중국으로 가면 되는 건가요?"

일단 찾아가 볼 생각이 들었다.

그러나 아직 수련생들의 준비가 덜 되었다. 물론 그들이 준비가 다 되었다고 해서 중국의 모든 각성자를 상대할 수는 없겠지만 그래도 나와 이자벨 그리고 수련생들로 마을을 보호할 정도의 힘은 길러야 했다.

"네, 그렇습니다. 그러면 정확히 두 달 뒤에 중국으로 찾아가겠다고 전해주세요. 혹시 차를 타고 가야 되는 건 아니겠죠? 나라를 위해 지옥으로 들어간다는 사람한테 비행기 표 한

장 정도 구해주실 수 있으시죠?'

사실 이동 수단은 중요하지 않았다. 비행기가 없더라도 하늘을 날아가면 되는 일이다.

하지만 한국 헌터 협회가 괘씸하게 느껴져 최대한 요구를 하고 싶었다.

현재 한국에 남아 있는 비행기는 몇 대 되지 않았고 항공유의 가격은 일반 기름에 비해 몇십 배는 비싼 상황이었다.

"정말 중국으로 가실 생각이십니까? 거기가 어딘지 알고 가신다고 하는 겁니까?"

중국으로 간다는 말에 오히려 지부장이 역정을 내며 목소리를 높였다.

"지금 제가 중국으로 가라고 여기에 찾아온 거 아닙니까?"

"그렇긴 한데, 당연히 안 간다고 하실 줄 알았죠. 이미 협회장에게 말할 변명까지 다 생각해 놓았는데."

"지금 상황에서 제가 안 간다면 한국 헌터 협회에서 중국 정부의 압박을 견딜 수 있습니까?"

"아마 힘들겠죠. 고개를 숙이고 들어가도 추용택 씨가 중국으로 가지 않는다면 중국 정부의 압박이 멈추지 않을 겁니다."

아무리 유통 구조가 파괴된 세상이라고 해도 육로를 통해 하는 상행위는 가능했다.

그리고 우리나라는 중국의 물건들을 사지 않으면 생필품을 구하기 힘든 상황이었다.

생필품뿐만 아니라 식량도 중국에서 구입해 오고 있었다.

그런 상황에서 중국이 교류를 끊는다면 물가가 하늘 높이 올라가고 굶어 죽는 사람이 지금보다 몇 배는 더 나올 것이다.

"그러면 제가 가도록 권유해야 되는 거 아니세요?"

"그렇긴 하지만 얼마나 위험한 일인지 잘 알고 있으니 쉽게 말이 떨어지지 않네요."

"제가 중국에 가더라도 시체로 돌아올 일은 없을 겁니다. 그러니 편한 마음으로 제 의사를 전달하세요. 그리고 중국으로 가기 전에 미리 마정석을 대량으로 환전해야겠네요. 부탁 좀 드리겠습니다."

"네, 알겠습니다. 마정석 환전 문제라면 아무런 걱정을 하지 않으셔도 됩니다. 그러면 추용택 씨의 의사를 협회장에게 전달하도록 하겠습니다."

중국에 어떤 능력을 가진 각성자가 있는지는 정확히 몰랐다.

소문으로 듣기에는 하늘을 날고 산봉우리를 칼로 자르는 각성자가 있다고는 들었다.

하지만 그 소문들에 나오는 내용은 전부 내가 할 수 있는 일들이었다.

절대 중국에서 죽을 일은 없었다.

텔레포트 목걸이가 있는 이상 이기지는 못해도 도망을 칠 수 있었다.

지부장이 돌아가는 길을 배웅해 주고는 그곳에 멈춰 서서 생각을 정리했다.

중국으로 가기까지의 시간은 두 달.

그 시간 동안 최대한 수련생들의 능력을 끌어 올려야 하고 새로운 수련생들의 수련을 그라니안에게 맡겨야 한다.

그라니안은 새로운 수련생들을 반겨줄 것이다. 이미 몽둥이질에 중독이 된 상태였기 때문이다.

지금도 찾아갈 때마다 새로운 수련생들을 빨리 뽑으라고 나를 재촉했다.

중국에서 일도 생각해야 했다.

그들은 분명 나에게 사과를 요구할 것이고 말뿐인 사과를 원하지는 않을 것이다.

최소 팔 하나는 두고 와야 한다.

하지만 그럴 생각은 전혀 없다. 사과를 할 생각도 없는 사람한테 팔까지 요구하면 누가 들어주겠는가.

중국에서 분탕을 칠지 좋게 끝내고 올지 고민이 되었다.

그것은 중국의 상황을 보고 결정할 일이다. 중국의 각성자들의 능력이 생각보다 뛰어나다면 최대한 조용히 끝내겠지만 그렇지 않다면 제대로 분탕질을 칠 생각이었다.

중국 헌터 협회의 건물을 무너뜨리면 알아듣겠지. 아니면 중국 헌터 협회장의 기운을 부수거나.

장어의 힘을 흡수한 지 2달이 훌쩍 지났다. 그동안 수련생들만 성장한 것은 아니었다.

이제는 조금 시간이 걸리기는 하지만 네 가지의 기운을 조화롭게 사용하는 단계에 올라섰다. 물론 루카라스와 대련을 할 때 몇 번 사용해 보긴 했지만 시간이 걸리는 공격을 그가 멍하니 당해줄 리는 없었다.

변신 로봇이 변신하는 것을 기다리는 일은 만화에서나 가능한 일이었다.

하지만 충분한 시간이 있다면 엄청난 파괴력을 지닌 공격을 할 수 있다.

대규모의 인원을 학살할 정도의 공격을. 인해전술로 몰아붙이는 중국에게 본때를 보여주기에는 충분한 능력이었다.

중국에 가기 전에 최대한 루카라스와 시간을 보내기로 마음먹었다.

물론 수련생들의 수련도 틈틈이 봐주기는 하겠지만 지금은 내가 가진 능력을 끌어 올려야 할 때였다.

"요즘 들어 자주 찾아오는군. 전에는 물건들만 던지고 돌아가더니."

여전히 단것을 좋아하는 루카라스였기에 1주일에 한 번 정도 트럭으로 옮겨야 될 정도의 분량의 과자를 그의 보금자리에 던져 놓았다.

"두 달 후에 적진으로 들어갈 일이 생겨서 그전에 최대한 수련을 할 생각입니다."

"적진으로 들어가서 살아남는 방법은 두 가지가 있다. 압도적인 힘의 차이를 보여주거나 아니면 고개를 숙이거나. 아마 너는 전자를 선택하려 하겠지."

"그렇습니다. 고개를 숙이는 거는 저랑 어울리지 않아서요."

"요즘 인간들의 기운이 느껴지곤 하는데 네가 데리고 온 인간들인가?"

"그렇습니다. 수련할 장소가 마땅치 않아 이곳으로 데리고 왔습니다. 루카라스 님께서 거슬린다고 하면 다른 곳에서 수련을 시키도록 하겠습니다."

"나는 괜찮다. 인간에게 드래고니안의 수련법을 가르치는 것 같더군. 이미 육체의 그릇도 어느 정도 완성한 단계더군."

"그렇습니다. 바깥세상이 워낙 험해서 저를 도와줄 사람들을 모으고 있습니다."

"그것도 나쁘지 않은 생각이다. 하지만 결국은 네가 강해져야 사람들이 모이는 법이다. 강해져라."

"감사합니다. 그러니 제가 조금 더 루카라스 님을 괴롭혀야겠습니다."

두 달의 시간 동안 많은 일들이 이루어졌다.

300명이 모인 지망생 중에 사장이 뽑은 인원은 37명이었다.

3차 면접까지 치러가며 뽑은 사람들이었기에 믿음이 갔다.

인성을 중시 여겼기에 삐딱선을 타는 사람도 없었다.

나는 그들을 일본으로 가는 배에 태워 도쿄로 향하게 했고 2기 수련생들이 그들을 반겼다.

하지만 2기 수련생보다 그들을 더 반긴 존재가 있었다.

"드디어 왔군. 바로 바닥에 엎드려라. 37명이라 몸풀기에 딱 적당하군."

한국말을 원어민 수준으로 하는 그라니안은 내가 말을 하지 않아도 4기 수련생들을 수련 기본자세로 만들었고 나는 37명의 수련생의 동의를 얻어 그들의 기운을 봉인했다.

4기 수련생들은 3기 수련생들보다 더 낮은 랭크의 각성자가 대부분이었다.

이미 높은 수준에 다다른 헌터들은 뼛속까지 탐욕으로 물들어 있었고 그들을 좋게 보지 않은 사장이 그들을 면접에서 떨어뜨렸다.

자신보다 한참이나 능력이 떨어지는 사람이 붙는 것을 보고 불평을 하는 헌터들도 있었지만 그들의 의견은 사장의 주먹에 나가떨어졌다.

그라니안의 손에서 수련을 한 사장은 이전보다 더 거친 성격을 가지게 되었다.

"으아아아아!"

2기부터 4기까지 육체의 그릇을 만드는 수련을 시작하면 수련장이 비명 소리로 가득 찬다.

시끄러운 비명이 좋은지 그라니안은 연신 웃음꽃을 피워내며 몽둥이질을 해대었고 나는 그런 모습을 더 보고 싶지 않았기에 마을로 돌아왔다.

할 일이 많아지면서 텔레포트 활용을 계획적으로 해야 한다는 생각이 들었다.

그래서 그라니안의 보금자리에 갈 때와는 달리 루카라스의 보금자리를 찾아갈 때는 몬스터 도어를 이용했다.

내가 없을 때도 수련은 계속되어야 했기에 3기 수련생들은 루카라스의 관리하에 수련을 시작했다.

3기 수련생들은 루카라스를 대사부님이라고 불렀다.

나의 스승이니 틀린 말은 아니었고 은근히 그 말을 즐기는 루카라스였다.

　수련생의 수련을 루카라스와 그라니안에게 맡기고 나는 이제 중국으로 떠날 준비를 해야 했다.

　내일이면 중국으로 떠날 시간이었다.

제3장
중국의 각성자들

PURE
BRED
HUNTER

　작은 경비행기가 서울 근교에서 나를 기다리고 있었다. 내가 한 부탁대로 비행기를 구해주기는 한 한국 헌터 협회였다.

　'괜히 비행기 구해달라고 했어. 이렇게 불편할 줄 알았으면 그냥 날아가는 건데.'

　좁은 좌석에 몸을 구겨 넣고 하는 비행이 즐거울 리는 없었다.

　내가 원한 대로 비행기를 구해준 한국 헌터 협회를 탓할 수는 없었지만 그래도 불평이 터져 나왔다.

　중국 헌터 협회 본부가 있는 중국 베이징에 도착을 하자 이미 공항에 수많은 헌터가 나를 기다리고 있었다.

기선 제압을 위해서가 분명했다. 수백 명의 헌터가 비행기 주위를 둘러싸고 환영 인사를 하고 있었다. 손을 흔드는 것을 보아 환영 인사는 분명했지만 그들의 얼굴에 미소라고는 찾아볼 수가 없었다.

일단 손을 흔들고 있는 사람들에게 적개심을 보이는 것은 추한 짓이기에 나도 손을 흔들며 그들의 인사를 받았다.

"먼 길 오시느라 수고하셨습니다. 중국의 방문을 환영합니다."

아직은 이빨을 숨기는 그들이다. 언제 돌변해서 손톱을 보일지는 몰라도 지금은 아니었다.

"이렇게 환영을 해주시다니 감사합니다."

"중국 헌터 협회장님이 추용택 씨를 뵙고 싶어 합니다. 바로 헌터 협회로 이동하셔도 괜찮으시겠습니까?"

"네, 괜찮습니다."

통역사가 안내한 차를 이용해서 도로를 달렸고 내 뒤로는 수십 대의 차가 꽁무니를 따라왔다. 기선 제압은 아직도 진행 중이었다.

중국 헌터 협회로 보이는 건물에 도착하자 수백 명의 헌터가 차에서 내려 나를 바라보았다. 약간이라도 위협적인 모습을 보인다면 당장 달려들겠다는 강한 적개심을 숨기지 않았다. 그래, 개도 자기 구역에서 절반은 먹고 들어간다는데 이해해 줘야지.

중국 전통 건물로 지어진 헌터 협회는 매우 고풍스럽고 강인한 인상을 주었다.

중국 헌터들의 실력도 저 건물의 외형만 할까?

건물 안으로 들어서자 아름다운 미소를 가지고 있는 미녀들이 나를 반겼다.

일단 미인계로 정신을 뺏겠다는 생각인가?

미녀들의 안내를 받는 기분은 그렇게 나쁘지 않았다.

나는 그녀들의 안내를 받아 최고층까지 올라갔다. 최고층을 사용하는 사람은 분명 중국 헌터 협회의 최고 책임자라는 것을 쉽게 예상할 수 있었다.

문이 열리자 화끈한 열기가 느껴졌다.

방 안에는 10명의 사람이 있었고 나를 호기심 가득한 눈빛으로 쳐다보았다.

중국은 개성을 강하게 생각하는지 옷들이 전부 제각각이었다.

신식 정장을 입은 사람부터 승복을 입은 사람까지.

테이블 말석이 비워져 있었다. 안내를 받지 않아도 저 자리가 내가 앉을 곳이라는 것을 알 수 있었다.

간단히 목례를 하고는 자리에 앉았다.

자리를 차지하고 앉아 그들의 눈빛에서 호기심이 더욱 강해졌다.

테이블 가장 상석에 앉은 사람이 그들을 진정시키고 인사를 건넸다.

"중국까지 먼 길을 오느라 수고하셨습니다."

"아닙니다. 초대를 해주셔서 감사하지요."

중국인 통역사의 통역 실력은 동시통역이 가능할 정도라서 대화에 끊임이 없었다.

확실히 조선족 통역사와는 급이 다른 실력이었다.

"우리 사람들과 조금 마찰이 있다고 들었습니다. 아쉽군요."

마치 자기는 모르는 일이라는 듯이 말하는 화법. 한 조직의 최고 책임자가 사용할 화법은 아니었다.

그의 결정에 따라 중국 헌터들이 한국으로 넘어왔고 불구가 돼서 돌아갔다.

그들을 그렇게 만든 사람은 나지만 사실상 그에게도 많은 책임이 있었다.

"마찰을 원하지는 않았는데 워낙 거친 사내들이라서 부득이하게 손을 썼습니다."

아직은 탐색전이다. 탐색전에서 가장 조심해야 하는 것은 먼저 흥분을 하는 것이다.

흥분을 하게 되면 이성적으로 사고를 할 수 없게 되고 그렇게 되면 실수를 하게 되는 것이다. 최대한 냉정을 유지하며 대화를 이어갔다.

"조금 손이 과하셨습니다."

"그래도 죽은 사람은 한 명도 없다고 알고 있습니다. 개인 사유지를 침입한 도둑을 그 정도로 용서한 것이면 손이 과하다고 생각하지는 않습니다."

살짝 그의 신경을 긁는 말을 내뱉었다.

탐색전을 오래 하고 싶은 마음은 없었다. 빨리 그들이 나를 부른 이유를 듣고 싶었다.

"도둑들이라니요. 정식으로 한국 정부의 승인을 받아 한국을 방문한 중국 헌터들입니다."

"그런데 왜 저의 사유지에 밤늦게 침입했을까요? 그것도 여자를 노리고요. 저는 그들이 중국 헌터든지 한국 사람이든지 신경을 쓰지 않았습니다. 단지 사유지를 침입한 괴한이라고 생각하고 손을 썼습니다."

"그건 그렇다 쳐도 그 후에 100명의 헌터들의 손을 자르고 기운을 파괴한 것은 어떻게 설명하실 겁니까?"

"저를 죽이러 온 사람들을 살려서 보냈는데 칭찬을 받아야 하는 것이 아닙니까? 만약 협회장님을 죽이러 달려드는 사람이 있다면 살려 보내실 생각이십니까?"

"그런 행동은 중국 정부를 무시하는 처사라고 생각하지는 않았습니까?"

"예의를 차리고 왔다면 절대 그런 일이 생기지는 않았겠지요. 미국과 일본의 헌터들도 마을을 방문했지만 아무런 일도 생기지 않았습니다. 유독 중국 헌터와 마찰이 생겼는데 이상하다고 생각하지 않습니까? 다른 나라의 헌터들은 예의를 알고 있더군요."

중국 헌터들의 무례를 꼬집었다.

하지만 내 앞의 사내는 생각이 다른지 나의 말에 얼굴이 붉어지기 시작했다.

"저는 그렇게 생각하지 않습니다. 대륙의 사내들이 호방한 성격을 가지고 있는 거지 절대 무례하지는 않습니다."

이런 협회장 밑에서 교육을 받으니 중국 헌터들이 예의가 없는 것이 이해가 갔다.

"무례의 의미가 중국과 다른 나라와의 생각이 다른 것 같군요. 그래서 저한테 원하시는 것이 무엇입니까? 저를 중국으로 초대한 이유가 있을 거 아닙니까."

답답한 마음에 나는 살짝 조급함을 보이고 말았다. 말이 통하지 않는 그와의 대화가 지겨웠다. 어서 본론을 듣고 싶은 마음이 들었다.

"사과를 하십시오. 당신에게 당한 모든 중국 헌터에게 진정으로 사과를 하시면 이번 일은 조용히 넘어 가겠습니다."

"진정으로 하는 사과가 어떤 의미입니까?"

"그들과 마찬가지로 팔 하나를 내놓으시고 기운을 봉하십시오."

역시나 예상대로다.

그들은 내 팔과 기운을 원하고 있었다.

"싫다면 어떻게 하실래요?"

말이 점점 짧아지기 시작했다. 그에게 예의를 지키고 싶지 않았다.

한바탕 엎고 살풀이를 하고 싶은 마음이 생겨나기 시작했다.

최대한 조용히 일을 마무리하고 싶은 생각이 아직은 더 강하긴 했지만 싸움을 피하지는 않을 것이다.

"예의를 지키세요! 여기가 어딘지 알고 천방지축으로 날뛴다는 말인가!"

협회장 옆에 있는 정장을 입은 사내가 소리쳤다. 그는 노골적으로 기운을 끌어 올려 나를 압박했다. 기운으로 압박하는 것은 그만 가능한 것이 아니다.

막아두었던 댐을 개봉했다. 오행의 기운이 방 안을 가득 채우기 시작했다.

그들은 지금까지 만난 헌터들과는 다르게 기운을 제어할

수 있는 각성자들이었다.

최대한 기운을 밖으로 내보이지 않고 있는 그들이었지만 그들이 가진 기운을 충분히 느낄 수 있다. 방 안에 있는 각성자 중에 나를 압박할 정도의 실력자는 없었다.

이자벨만으로도 정리가 가능한 수준이었다.

그들이 무서워서 이곳으로 찾아온 것이 아니다. 중국의 인해전술에 사람들이 피해를 입을까 봐 찾아온 것이다. 그들은 잘못 알고 있었다.

"그만 기운을 거두시게나."

승복을 입은 스님이 청아한 기운을 내뿜으며 나의 기운을 막아내고 있었다.

말로만 듣던 소림사의 스님인가?

청아한 기운을 가진 사람이 악인일 가능성은 없었기에 그의 말에 따라 기운을 다시 몸으로 거두어들였다.

"자꾸 저를 자극하시면 제가 어떻게 변할지 모릅니다. 지금 제가 보이는 모습이 저의 전부라고 생각하지는 마세요."

"지금 자네가 여기 있는 사람들을 뭘로 보고 그런 말을 하는 건가! 입조심하게."

"협회장님도 그만하십시오. 손님 앞에서 흉한 모습을 보이시고 있습니다."

스님의 만류에도 불구하고 방 안을 감도는 전운이 가시지 않고 있었다.

일촉즉발의 상황. 누가 조그만 움직임이라도 벌이면 바로 싸움이 터질 것만 같았다.

"일단 오늘은 여기까지 대화를 하는 것으로 하는 것이 어떻습니까? 손님도 먼 길을 오셔서 아직 피로가 가시지 않은 것 같은데 우리가 너무 우리 생각만 하고 있는 것 같습니다."

스님의 말에 다들 불편한 기색을 내비쳤지만 그의 말을 거절하지는 못했다.

협회장도 스님의 말에 반박을 하지 못하는 걸로 보아서 협회장의 세력과 대등한 세력을 스님이 가지고 있다는 생각이 들었다.

스님의 말을 끝으로 아무도 입을 열지 않았고 나는 통역사의 안내를 받아 지정된 숙소로 들어갔다.

크지는 않지만 단아한 기운이 느껴지는 방 안에 짐을 풀고 침대에 몸을 뉘었다.

한동안 멍하니 방 안에서 시간을 때우고 있을 때 문을 두드리는 소리가 났다.

"들어가도 되겠습니까? 소림사의 원각 스님이 뵙고 싶다고 합니다."

문 밖에서 느껴지는 기운은 둘. 한 명은 통역사일 거고 다른 한 명은 회의실에서 보았던 스님으로 보였다.

다른 사람과는 달리 말이 통할 것 같은 스님이었기에 나는 방문을 열어주었다.

"제 방이 아니라서 따로 차를 준비하지는 못하겠네요."

"괜찮다네. 차는 이미 배불리 마셨다네."

원각 스님은 절제된 움직임으로 자리에 앉아 나를 바라보았다.

"시주께서는 혈향이 많이 납니다. 화를 줄이셔야 복이 찾아온답니다."

"혈향이 나는 것은 저를 보호하기 위해서일 뿐입니다. 제가 찾아가 피를 뿌린 적은 없습니다."

물론 몬스터는 내가 찾아가 괴롭히긴 하지만 사람에게까지 그런 적은 아직 없었다.

"그리고 화를 줄인다고 해서 복이 찾아올 것 같지는 않네요. 지금 시대에서 화를 참는 사람은 좋은 먹잇감이라고 광고를 하는 것과 다름이 없지 않습니까."

"물론 어느 정도 화를 가지고 있는 것도 나쁘지는 않지만 시주에게서 느껴지는 기운은 도를 넘어섰습니다. 부디 자비를 가지시기 바랍니다."

"자비의 마음을 가지고 싶지만 자꾸 방해를 하는 사람들이 생겨나네요. 저는 그냥 조용히 산속에서 지내고 싶은데 자꾸 사냥꾼들이 찾아옵니다."

"산속에 있는 호랑이를 잡고 싶어 하는 것이 우매한 사람들의 욕심이지 않겠습니까. 우매한 사람들에게 자비를 가지시고 강자의 배포를 보여주시기 바랍니다."

"지금 제가 자비를 가지고 있지 않는 것 같으신가요, 스님? 제가 여기 있는 사람들을 상대하지 못해서 이렇게 방 안에서 참고 있는 것 같은가요? 자꾸 저에게만 자비를 운운하시는데 그 말을 왜 진작 협회장에게 하지 못하셨습니까. 제가 만약 강자가 아니었다면 그들의 손에 진작 찢어발겨졌을 겁니다."

"제가 지금 이런 말을 해도 변화는 것은 없겠지만 저도 최대한 협회장의 선택을 바꾸기 위해 노력했습니다. 하지만 제가 가진 능력이 미천하여 일이 그렇게 되어버리고 말았지요."

"알겠습니다. 그러면 제가 자비를 가지고 협회장의 말에 그대로 따라야 한다고 생각하시는지요? 정말 팔을 자리고 기운을 봉해 버려야 된다고 생각하십니까?'

"그것은 협회장이 과한 언사였지요. 강한 능력자와 교류를 하는 것이 반목하는 것보다 상호 간에 이득이 될 거라는 것을 알고 있는 사람들도 많이 있습니다."

"그러면 뭡니까. 선택권을 쥐고 있는 협회장의 마음이 저와 싸우고 싶어 하는 것 같은데요. 싸움을 걸어온다면 피할 생각은 전혀 없습니다."

"제가 싸움을 말리기 위해 이곳에 찾아온 것입니다. 서로 좋은 방향으로 일을 끝낼 방법을 가지고 왔습니다."

싸움을 피할 생각은 없었지만 조용히 해결할 방법이 있다면 따르지 않을 이유도 없었다.

"어떤 방법입니까?"

"시주의 강함은 회의 중에 충분히 느꼈습니다. 소승이 산속에서만 살다 보니 남들보다 조금 더 자연의 기운을 잘 느낄 수 있습니다. 분명 시주께서 가지고 있는 힘은 강합니다. 강함을 알리고 존경을 받는다면 협회장도 더는 자신의 의견을 펼치지 못할 겁니다."

"강함을 알리는 방법은 곧 싸움을 의미하는 것이지 않습니까."

"싸움을 하더라도 정해진 규칙과 장소에서 벌어진다면 싸움이 번지지는 않을 겁니다. 많은 관중이 지켜보는 장소에서 비겁한 짓을 할 정도로 썩은 생각을 가진 사람은 없다고 말씀드릴 수 있습니다."

"비무 대회라도 열겠다는 말씀이십니까?"

"그렇습니다. 정기적인 교류를 위해 여는 비무 대회 일정을 조금 앞당기면 되는 일입니다."

무협지에서나 보던 비무 대회가 개최된다는 말에 어안이

벙벙했다.

말로만 듣던 소림사와 화산파의 비무를 볼 수 있게 된다는 뜻이었다.

그들이 어떤 방식으로 기운을 활용하는지 궁금했다. 수백 년의 역사를 가진 그들이었기에 독창적인 기운 활용법이 있을 것이다. 그리고 그것이 정체에 빠진 나에게 큰 도움이 될 것 같기도 했다.

"비무 대회에 참석하는 것이 어렵지는 않습니다만 정말 그 것으로 조용히 일이 마무리될 수 있을까요?"

"시주님의 말씀대로 시대가 바뀌었습니다. 강자가 존경받고 강자의 행동은 모두 용서가 됩니다. 아무리 시주님이 중화 사람이 아니라고 해도 말입니다."

"그러면 비무 대회에 참석하겠습니다."

*   *   *

비무 대회를 참석한다고 해서 중국 정부와의 불화가 끝날 거라고는 생각하지 않았지만 그래도 고승이 추천하는 방법이었기에 속는 셈 치고 참가하기로 마음먹었다.

소림사 스님이 자기 방법을 따라줘서 고맙다고 인사를 하고 방을 나간 후 남아 있는 통역사에게 비무 대회에 대해 물어보았다.

"비무 대회라는 게 실제로 있는 겁니까?"

"네, 몬스터 범람이 일어나고 각성자들이 생겨났습니다. 각성자 대부분이 문파에서 수련을 하던 사람들이기도 했고 다른 각성자들이 자신의 힘을 키우기 위해 여러 문파로 흡수되었습니다. 지금은 정부의 힘보다 무림의 힘이 더 강하기까지 합니다."

"몇 개의 문파나 있는 겁니까?"

"몇 개라고 말하기도 힘들 정도로 많은 문파가 생겨났습니다. 원래 있던 문파들은 더욱 강해졌고 많은 문파가 새로 생겨났습니다. 현재 무림은 크게 3개의 조직으로 말씀드릴 수 있습니다. 정파와 사파 그리고 마교."

무협지 속의 세상에 빠져 들어왔다는 생각이 들었다.

정파와 사파 그리고 마교라니.

정파는 그렇다고 쳐도 국가에 반하는 사파가 있다는 말은 믿기지 않았다.

그리고 마교는 더더욱 이해하기 힘들었다.

"사파와 마교가 생기는 것을 정부에서 가만히 지켜만 보고 있었습니까?"

"사실 사파와 마교가 모습을 드러낸 것은 오래지 않았습니다. 가만히 숨을 죽이고 있다가 이제야 수면 위로 올라온 것이죠. 참고 기다렸던 만큼 그들의 힘이 중국 정부의 힘과 대등할 정도입니다. 그들이 사파라고는 하지만 딱히 정부에 반하는 행동은 하지 않고 있습니다. 단지 지역의 패권을 장악하고 있을 뿐이죠. 그리고 마교는 숨어 살고 있습니다. 딱히 말씀드리지 않아도 상관은 없는 조직인데. 그래도 마교에 대한 얘기가 빠지면 무림에 대한 설명을 할 수가 없습니다."

"아니, 그래도 그렇지 사파가 생겨나면 중국 정부의 힘이 약해진다는 뜻과 다르지 않은데… 정파와 정부가 친해 보이는데 같이 힘을 모아 사파와 마교를 물리쳐야 되는 것 아닙니까?"

"세상이 바뀌지 않았습니까. 그들의 힘도 필요합니다. 중국에서는 한 달에도 몇 번씩 몬스터의 범람이 일어납니다. 모든 지역을 정부와 정파가 상대할 수는 없는 일이지요. 그렇기에 그들의 힘이 필요합니다."

"그건 그렇다 쳐도 마교의 힘까지 필요하다는 건 왜입니까? 그들이 마교라고 불리는 이유가 악한 짓을 하기 때문이지 않습니까?"

"그들이 마교라고 불리는 이유는 성향 때문이 아니라 하는 행동이 인간이 할 수 없는 짓을 하기 때문에 그렇습니다. 솔직히 무림에서 가장 약한 조직이기도 하지만 가장 사고를 치지 않는 조직이 마교입니다. 하지만 그들이 마교라 불리는 이유는 주기적으로 피를 마시기 때문입니다."

"피를 마신다고요? 인간의 피 말씀하시는 겁니까?"

"인간의 피를 마시지는 않습니다. 동물의 피를 마시거나 사냥을 나가면 몬스터의 피를 마시기도 합니다."

"인간의 피를 마시는 것도 아니고 나쁜 짓을 하지도 않는데 마교라고 불리는 것은 좀 과한 처사인 것 같네요."

"그들의 뿌리가 마교라서 그렇게 부르는 것도 있습니다. 이미 사라져 없어졌다고 생각했던 백련교의 비밀 결사대가 모여 만든 것이 지금의 마교입니다. 이미 여러 번의 난을 일으킨 전례가 있는 그들과 다른 문파들이 같이 움직이고 싶어 하지 않는 것도 그런 이유 때문이죠."

"폭탄을 안고 넘어갈 정도로 그들의 힘이 강합니까?"

"그들이 세력 중에서 힘이 가장 약하기는 하지만 절대 무시할 정도는 아닙니다. 그리고 그들은 종교 사상을 바탕으로 호남성 지역을 장악했습니다. 우매한 사람들이 그들의 종교 사상에 빠져 버렸습니다. 지금 같은 시대에 구원자를 바라는 것이 나쁘다고 할 수는 없지만 마교를 믿고 따른다는 것이 참 웃긴 일이긴 합니다."

통역사의 설명에 따르면 마교의 사상은 메시아사상과 비슷하다고 했다.

지금의 고난을 구원해 줄 누군가가 나타나 자신들의 고난을 대신 짊어질 것이라는 믿음으로 마교에 귀의한다고 한다.

"그러면 비무 대회에 어떤 문파들이 참석하는 건가요?"

"정파의 문파가 대부분이긴 하지만 장강의 패권을 가지고 있는 사파도 참석한다고 알려왔습니다. 원래 비무 대회는 한 달 뒤에 개최되기로 했기에 이미 대부분의 문파가 참가 신청을 마친 상태입니다. 지금까지 참가 신청을 보낸 문파는 총 12개의 문파로 구성되어 있습니다. 정파의 문파 열 곳과 두 곳의 사파가 참가합니다. 처음으로 사파의 세력이 비무 대회에 참가하는 것이기도 합니다."

"공교롭게 제가 참석을 하는 때에 사파도 참여하게 되었군요."

비무 대회는 15일 후에 개최되기로 했다. 원래 일정에서 15일을 앞당겨진 것이다.

어느 정도 세력이 있는 문파들은 전부 참석한다고 볼 수 있었다.

그들이 기를 쓰고 비무 대회에 참가하는 이유는 지역의 패권을 잡기 위해서이기도 했다.

개인 간의 다툼은 몰라도 단체 간의 다툼은 법적으로 금지하고 있었다.

몬스터와 싸우기에도 부족한 각성자들이 서로 치고받고 싸우며 수가 줄어드는 것을 걱정한 중국 정부가 궁여지책으로 마련한 것이 비무 대회였다.

사실 정파라는 같은 소속을 가지고 있는 그들이지만 그 안에서도 파벌이 나눠져 있었고 서로의 지역을 뺏고 지키기 위해 크고 작은 다툼이 여러 번 일어났었다고 한다.

그런 그들이기에 새로이 나타난 사파와 마교의 존재에 큰 경계심을 가지고 있는 거겠지.

비무 대회 참가 신청은 이번 주를 마지막으로 마감을 했고 1개의 사파와 숨어 지내고 있던 마교에서도 참가 신청을 했다.

"네 번만 이기면 우승인 건가?"

중국 정부에서 개최하는 가장 큰 이벤트가 비무 대회이다.

이미 프로 스포츠 시장이 막을 내린 시대에 비무 대회는 중국 사람들의 관심을 집중시키는 유일한 대회였다.

비무 대회를 보기 위해 한 달을 이동해 이곳에 오는 사람들도 있다고 하니 비무 대회에 대한 관심이 얼마나 큰지 알 수 있었다.

방 안에서 가만히 숨죽이고 있을 수는 없기에 통역사를 대동하고 중국 헌터 협회 근처와 비무장을 구경하기도 했는데 그때마다 마주치는 모든 각성자가 경계의 눈빛으로 나를 쳐다보았다.

특히 정부 소속의 헌터들은 나를 원수로 생각하고 있었다.

따가운 눈초리가 무섭거나 두렵지는 않았지만 귀찮았다.

나는 결국 비무 대회가 개최되기 전까지 방 안에서 시간을 보내었다.

비무 대회가 가까워질수록 주변은 시끄러워지기 시작했다.

많은 사람이 비무장 근처에 모여들었고 이런 기회를 놓칠 리 없는 상인들이 비무장 근처에 나타났다.

"대진표가 나왔습니다."

통역사가 종이 한 장을 내밀었다. 나를 위해 한자 옆에 한글로 대전 상대를 적어주는 꼼꼼함을 보이는 그였다.

"첫 상대가 마교네요."

"그렇게 되었습니다. 공정한 방식으로 대전 상대를 뽑았습니다."

퍽이나 공정한 방식으로 대전표를 짰겠다. 껄끄러운 두 명을 붙여놓은 것이 누가 봐도 의도적으로 이렇게 대전표를 짠 게 분명했다.

뭐 큰 상관은 없다. 대전 상대가 누구든지 이기면 그만이었다.

어차피 네 번만 이기면 끝이다. 누구와 싸우든지 결국 중국인 각성자와 싸우는 것이다.

그들의 입장에서는 내가 마교의 인물보다 더 상대하기 싫은 사람일 것이다.

"그럼 내일 있을 비무 대회에 행운이 따르기를 기도하겠습니다."

통역사가 나가자 나는 다시 혼자가 되었다.

답답한 방 안에서만 지내자 목이 말라왔다. 그래서 방에 설치되어 있는 손님용 벨을 눌렀다.

식사를 하고 싶거나 다른 필요 사항이 있을 때 이 벨을 누르면 내 전담 시녀가 방으로 찾아왔다.

"물 좀 주세요."

하지만 문제점은 시녀가 한국말을 할 줄 모른다는 것이다.

"워터 플리즈."

담백한 발음으로 워터를 외쳤고 그녀는 나의 손짓을 보고 이해를 했는지 금방 차를 가지고 왔다.

청자풍의 주전자에 가득 담아 온 차를 통째로 들고 마셨다.

살짝 뜨겁기는 했지만 화상을 입을 리는 없었다.

"뭐지, 이 익숙한 맛은?"

차를 먹으며 묘한 느낌이 들었다.

차가 몸 안으로 퍼지면서 익숙한 기분이 들었던 것이다.

거대 전갈을 사냥하면서나 다른 몇 종류의 몬스터의 힘을 흡수하면서 느꼈던 종류였다.

"독이군."

독을 쓸 것이라고 예상은 했지만 실제로 차 안에 든 독을 마시니 기분이 좋지 않았다.

"마비 독인가?"

독이 내 몸에 영향을 주지는 못하지만 이미 독에 익숙했기에 어떤 종류의 독인지는 알 수 있었다. 독을 넣은 사람이 나를 죽일 생각까지는 없었는지 신체의 움직임을 둔화시키는 종류의 독을 차 안에 넣었다.

아마 비무 대회 참가를 포기하거나 상대에게 처참히 무너지라는 의미로 보였다.

"가소롭네. 독 따위를 쓰다니."

나는 보란 듯이 주전자에 담긴 차를 한 번에 들이마시고는 시녀에게 한 주전자의 차를 더 달라고 했다.

이번에도 마비 독이 가득 담긴 차를 가지고 왔다.

"그래 주는 대로 다 마셔주마."

코끼리도 마비시킬 정도로 많은 마비 독을 마시고는 잠자리에 들었다.

아침이 밝아 오자 분주한 움직임에 도저히 누워 있을 수가 없었다.

오후가 돼서야 시작되는 비무 대회에 벌써 일어나고 싶은 마음은 없었지만 시끄러운 소리가 나를 침대에서 일어나게 했다.

문을 나서자 나를 기다리고 있었던지 통역사가 반갑게 인사를 건넸다.

"안녕히 주무셨습니까? 드디어 오늘입니다."

"네 오늘이네요."

"설레서 한숨도 자지 못했습니다."

비무 대회에 참석도 하지 않는 그가 밤잠을 설칠 이유는 없었지만 정말 그의 눈에는 다크서클이 내려와 있었고 그의 얼굴은 상기되어 있었다.

"그럼 비무장으로 이동하시겠습니까?"

협회장 및 여러 인사들의 개회사를 듣고 싶은 마음은 전혀 없었지만 나에게 붙어 있어야 하는 통역사가 간절한 눈빛을 보냈기에 마지못해 비무장이 있는 곳으로 이동했다.

7일간의 일정으로 개최되는 비무 대회의 첫날인데 벌써부터 열기가 비무장 주변을 가득 채웠다. 하루에 세 번의 비무가 열리고 나는 이틀에 한 번꼴로 비무를 하면 되었다.

각성자들 간의 전투는 치열할 것이 분명했지만 몸을 회복할 시간을 충분히 주지는 않았다.

부상을 회복하는 것도 능력이라고 생각하는 건가?

지루한 개회사와 축사를 뭐가 그리 좋은지 눈 한 번 돌리지 않고 집중해서 보는 통역사 옆에서 지루하게 시간을 보내었다.

점심 식사를 마치자 드디어 비무 대회가 시작되었고 나는 두 번째 비무에 나가면 되었다.

첫 번째 비무는 장강 수호단의 단주와 화산파의 검객과의 대결이었다.

확실히 일반 각성자들에 비해 기운을 능숙하게 사용하는 그들이었고 싸움은 화려했다.

S급 정도의 힘을 가진 그들의 전투에 나를 제외한 모든 관중이 입을 벌리고 멍하니 바라만 보고 있었다.

"사파의 사람이 이기겠네요."

비무대에 눈을 떼지 못하던 통역사가 되물었다.

"지금은 화산파의 검객이 유리하게 보입니다마는⋯⋯."

"동작이 화려해서 그렇게 보이는 겁니다. 결국 승자는 철퇴를 든 사내가 될 겁니다."

비무는 10분 동안 계속되었고 최후까지 서 있는 사람은 내가 말한 대로 철퇴를 든 사내였다.

"대단하십니다. 정말 추용택 님의 말처럼 장강수호단이 이겼습니다. 아쉽네요. 저는 화산파에 돈을 걸었는데."

"내기도 하십니까?"

"유일하게 합법적으로 도박을 할 수 있는 것이 이 비무 대회입니다. 이 기회를 놓치면 중화 사람이 아니죠."

"그러면 제 배당률은 얼마인가요?"

"꽤 높은 편입니다. 2.7배입니다. 소림사가 1위로 1.5배이고 2위는 청성파로 1.9배입니다. 추용택 님은 3위입니다."

"그러면 전 재산을 저한테 거세요."

그 말을 마지막으로 나는 의자에서 일어났다. 비무대 위에 있는 심판이 나의 이름을 호명하고 있었다.

비무대 위로 올라가자 관중들이 조용해졌다. 환호성을 바라지는 않았지만 정적이 흐를 거라고는 생각하지 않았었다. 관중들에게 나를 뭐라고 소개했는지는 모르지만 이런 반응은 예상외였다.

하지만 나는 양반에 속했다. 마교의 사람이 비무대 위로 올라오자 야유 소리가 관중들에게서 터져 나왔다.

100명이 넘는 중국 헌터를 불구로 만든 나보다 더한 대우를 받고 있는 사람이 누구일지 궁금했다.

평범한 인상을 가진 사내가 나를 마주 보고 섰다. 왠지 그에게서 동질감이 느껴졌다.

주기적으로 피를 마신다는 것을 알았을 때부터 마교에게 동질감을 느꼈을지도 모른다.

그들이 피를 마시는 이유를 알 것도 같았다. 내 앞에 선 사람의 기운은 지금 여기에 있는 다른 사람의 것보다 거대했다. 어떤 방법으로 기운을 쌓았는지는 몰라도 그릇에 금이 가고 있었다. 기운을 감당하지 못했기에 몸이 뜨겁게 타올랐고 그 기운을 잠재우기 위해 궁여지책으로 피를 마셨던 것 같았다. 이전의 나의 모습이 그에게서 투영되었다.

"우와아아아!"

환호성이 터져 나왔다.

비무가 시작된 것이다.

사회자는 비무대 밖으로 벗어났고 마교의 인물이 칼을 꺼내 들고 나를 겨누었다.

나는 무기를 꺼내는 대신 손을 까딱거렸다.

약자가 검은 돌을 두는 법이다.

* * *

마교의 사내가 검을 세웠다. 그의 몸 주변에는 온갖 기운이 잡다하게 뭉쳐 있었다.

기운을 지배하는 것이 아니라, 기운에 지배당하고 있는 것이다.

눈에는 총기가 보였지만, 마기에 잠식되어 가려져 있었다.

그는 검에 마기를 담아내기 시작했다. 일반적인 검이라면 마기를 감당하지 못하겠지만, 그가 가진 검은 특별해 보였다. 검이 마기를 빨아들이고 있었다.

그가 다가온다. 천천히 움직이기 시작한 그는 거리를 급작스레 좁히며 내 빈틈을 노렸다.

나는 의도적으로 옆구리를 비웠다. 그는 그 순간을 놓치지 않고 옆구리를 향해 검을 찔러왔다.

마기를 담은 검이 몸에 닿자 더러운 오물이 닿은 듯한 느낌을 받았다. 이런 요물을 그냥 두어서 좋을 게 없다.

나는 불의 기운을 극성으로 끌어 올려 마검을 옆구리와 팔 사이에 끼웠다.

지지직.

타는 소리가 내 팔에서 났다. 팔이 타는 것이 아니라 마기가 타면서 만들어내는 소리였다.

자신의 마기가 검에서 타오르자 그는 검을 빼내려고 갖은 힘을 썼지만, 그의 근력으로는 불가능했다. 자석에 붙은 쇠처럼 그의 검은 내 옆구리에서 빠져나오지 못하고 있었다. 그는 검을 소중히 여기는 여타 다른 헌터들과는 다르게 검을 놓아버렸다.

그의 선택은 옳았다. 만약 끝까지 검을 잡고 있었다면 그의 몸에 있던 마기까지 타버렸을 것이다.

그는 마기를 손끝으로 모으고 있었다. 손이 검게 변해갔다.

그가 내지른 장은 전염병과도 같았다. 장에 몸이 닿는 순간 마기는 몸을 잠식해 몸 구석구석으로 퍼져 나갈 것이다.

그들을 왜 마교라 부르는지 이해가 갔다.

같은 힘을 가진 각성자라면 마기를 가진 마교의 각성자가 무조건 이긴다.

살이 닿기만 해도 마기에 잠식시키는 힘을 가진 마교의 사람들을 같은 힘을 가진 각성자가 이길 수는 없다.

하지만 그가 가진 마기도 오행의 일부. 오행의 기운이 역류해 꼬여서 만들어진 기운이다.

오행의 기운을 끌어 올려 그의 마기를 막아내었다.

자신의 모든 공격이 막히자 그는 당황스러워 보였다. 아니, 분노했다.

지금까지 이런 적이 없었을 것이다. 자신보다 강한 상대를 여러 번 만나보았겠지만 나처럼 모든 공격을 막아내는 사람은 없었을 것이다.

그의 눈에서 보이던 자신감은 줄어들고 분노가 가득 찼다. 총기는 완전히 마기에 잠식되었고, 그는 괴물이 되었다.

하지만 그뿐이었다. 힘이 약한 인간 헌터가 강력한 몬스터를 사냥할 수 있는 이유는 그들을 상대할 머리가 있기 때문이다. 마치 오우거처럼 앞을 가로막는 것들을 파괴하는 그는 인간이 가진 장점 하나를 버리게 된 것이다.

그는 막대한 힘을 가지게 되었지만 그 힘을 활용할 머리를 버렸다.

15명의 참가자 중 괴물로 변한 그의 힘을 감당할 수 있는 각성자는 보이지 않았다.

그는 나를 만나지 않았다면 무난히 우승을 할 수 있었을 것이다.

"운이 없군."

이미 이성을 잃은 그였기에 내가 무슨 말을 하는지 관심도 없어 보였다.

단지 자신의 앞을 가로막고 있는 나를 부수고 싶어 할 뿐이었다.

그의 온몸이 검은 불꽃에 잠식되어 가고 있었다.

손끝에서 시작된 검은 불꽃은 그의 가슴으로 퍼져 갔고 얼굴까지 검게 물들였다.

"우-우-우-우~"

그의 모습에 관중들이 다시 한 번 야유하기 시작했다.

괴물로 변한 그의 모습을 좋게 볼 사람은 여기에 아무도 없다.

정파라고 불리는 사람들도 인상을 찌푸리며 그를 바라보

고 있었다.

나의 모습이 잠시나마 투영된 그가 야유를 받는 것을 더는 보고 싶지 않았다.

그의 이성을 찾아주어야 한다.

"정신 차리는 데는 매가 약이지."

나는 검을 도로 검집으로 집어넣었다. 오랜만에 모습을 드러내 신나 있던 검이 시무룩한 것처럼 느껴졌다. 미친놈을 정신을 차리게 하는 데는 검보다는 주먹이 효과적이다.

몽둥이가 주변에 없는 게 아쉬울 따름이었다.

나는 마기로 가득한 마검을 마구잡이로 휘두르는 그의 팔을 잡고, 그의 뱃속에 불덩어리를 느끼게 해주었다.

그는 타들어가는 살에도 아랑곳하지 않고 계속해서 달려들었다.

한 대 가지고 정신을 차릴 거라고 생각하지는 않았다.

그의 양팔을 한 손으로 잡은 채 그의 몸을 두드렸다.

어디를 때리는지는 중요하지 않았다. 빈 곳이 보이면 어김없이 주먹을 날렸다.

다리로는 그의 하체를 열심히 공략했다. 검은 불꽃 대신, 시퍼런 멍이 그의 하체에서 올라오기 시작했다.

10분이 넘도록 구타를 계속하자 그의 몸에서 느껴지던 마기가 수그러들었다.

내 몸에 담긴 불의 기운이 그의 기운을 정화하고 있는 것이었다.

하지만 아직 부족했다. 아직 그가 가진 기운을 전부 정화시키기 위해서는 최소 30분은 넘게 두드려야 한다. 그의 기운을 흩뜨려 없애 버리는 것이 가장 쉬운 방법이긴 했다.

하지만 안 그래도 정파 무인들에게 구박받는 그인데 기운까지 빼앗아 버리면 아무것도 남지 않을 그가 너무 불쌍했다. 때문에 나는 그의 마기를 정화하기로 마음먹었다.

"으아아아아!"

그가 정신을 차렸고 온몸에서 느껴지는 고통에 비명을 질렀다.

내가 그랬었고 그라니안이 그랬으며, 수련생들이 지른 비명과 한 치도 다르지 않은 비명이었다.

그의 비명이 익숙하다. 비명은 이 수련에서 필수 코스다. 수련을 하는 사람치고 비명을 지르지 않는 사람은 정기람 한 명뿐이었다.

30분이 넘도록 그의 비명 소리가 비무장 안을 울렸다.

이제는 그의 기운이 어느 정도 정화가 되었기에 그를 놓아주었다.

마치 허수아비처럼 몸에 힘이 하나도 느껴지지 않는 그는 비무장 위로 쓰러졌고, 그는 뭐가 그리 원통한지 눈도 감지도 못한 채 기절해 버렸다.

그에게서 눈을 떼고 사회자에게 눈을 돌렸다.

그는 입을 벌리고 멍하니 나를 바라보고 있었다. 그뿐만 아니라 관중 모두 마치 믿기지 않는 것을 본 것처럼 나를 바라보고 있었다.

비무장 위에 서 있어보았자 그들이 정신을 차릴 것 같지는 않았기에, 심판이 말을 꺼내기도 전에 비무장 밑으로 걸어 내려왔다.

"수고하셨습니다."

그래도 통역사가 가장 먼저 정신을 차리고 나에게 말을 건넸다.

"오랜만에 몸을 풀어서 그런지 상쾌하네요. 제 배당률이 오르기 전에 얼른 저한테 배팅을 하시는 게 좋을 거예요."

"그렇겠네요. 잠시만 기다려 주세요. 얼른 배팅을 하고 오겠습니다."

그렇게 말한 통역사는 정말 나를 두고 내기 판이 벌어지는 곳으로 뛰어갔다.

심판과 관중들이 정신을 차린 것은 내가 자리로 돌아오고 몇 분이나 지난 후였다.

심판은 급하게 내가 승리했다는 선언을 했고, 응급대원들이 마교 사내를 데리고 내려갔다.

마교의 인물에게 야유를 쏟아붓던 관중들도 그를 안쓰럽게 바라보고 있었다.

통역사가 없는 상황에서 소림사의 스님이 내려왔다.

그도 나에게 무슨 말을 하고 싶어 했지만, 통역사가 보이지 않자 그냥 내 옆에 자리를 잡아 사람 좋은 미소를 짓고 있었다.

"배팅하고 왔습니다. 오래 기다리셨죠?"

"저야 괜찮은데 이 스님이 오래 기다렸죠."

통역사는 원각 스님을 그제야 발견했는지 연신 고개를 숙이며 그에게 사과의 말을 던졌다.

"수고하셨습니다."

원각 스님이 통역사를 통해 말을 걸어왔다.

"아닙니다. 오랜만에 몸을 푼 정도입니다. 오늘도 손이 과하다고 하실 생각이십니까?"

"별로 과하지 않았습니다. 마기를 바로잡는 시주의 손길에 감탄했을 뿐입니다. 정말 장한 일을 하셨습니다. 한 생명을 마기로부터 구해내셨습니다."

"딱히 생명을 구한다는 생각으로 한 일은 아닙니다. 그냥 더러운 똥이 마당에 보이길래 치운 정도일 뿐입니다."

"그것이 대단하지요. 보통 사람들이라면 모른 척하고 지나

쳤을 텐데. 시주님은 치우지 않으셨습니까. 실천을 한다는 것은 생각보다 어려운 일입니다."

"공치사는 되었습니다. 그런데 비무 대회가 확실히 효과가 있겠습니까? 지금 분위기를 보아서는 비무 대회에서 우승을 한다고 해도 저에 대한 대우가 바뀔 것 같지는 않습니다."

여전히 관중들과 중국 헌터 협회 상석에 앉아 있던 노친네들이 나를 보는 눈빛이 좋아 보이지는 않았다.

"바뀔 겁니다. 강자는 존경을 받게 마련입니다. 특히 지금 같은 힘의 시대에서는 힘이 법이 되어가고 있습니다."

원각 스님이 꿈같은 말을 하는 것 같았지만 그래도 고승의 말이니까 믿어보기로 했다.

"그럼 저는 이만 방으로 돌아가겠습니다. 이틀 후에나 다시 뵙겠네요."

방 안에서 보내는 시간은 지루하고 심심했다. 수련생들의 성과를 보고 싶었지만, 그들에게 갈 수는 없었다. 만약 그들을 보러 간다고 텔레포트를 사용하면 보험이 사라진다.

지금 중국에서 걱정 없이 지내고 있는 이유는 언제든지 텔레포트를 이용해서 도망을 갈 수 있기 때문이다. 아직까지 나를 위협할 정도로 강해 보이는 상대는 없었지만, 그래도 보험은 항상 중요했다. 사고를 당하기 위해 보험을 드는 것이 아니라 사고를 예방하기 위해 보험을 드는 것이다.

멍하니 방 안에서 시간을 보내자니, 이틀 동안 시간은 정말 천천히 흘렀다. 하지만 시간은 흐르게 마련이고, 다시 내 비무일이 다가왔다.

"오늘 비무 상대는 누구죠?"

비무 결과를 확인한 적도 없고 통역사가 구해다 준 대전표가 쓰레기통 안에 들어 있기 때문에 나는 다음 상대가 누군지도 모르고 있었다.

비무장에 와서야 비무 상대를 묻는 나를 어이없어하는 눈빛으로 쏘아보는 통역사였다.

그는 이미 전 재산을 나의 우승에 배팅한 상태였기에 충분히 그의 반응을 이해할 수 있었다.

"다음 상대는 당가의 사람입니다. 독공과 암기를 사용하는 사람입니다. 조심하셔야 할 것입니다. 당가는 그 악독함으로 정파라고 부르기도 애매한 정도입니다. 오히려 사파보다 더욱 간교한 사람들이 당가의 사람입니다."

당가의 사람들이 들었으면 입에 거품을 물 말들을 통역사는 너무도 쉽게 내뱉었다.

전 재산이 투기판에 걸려 있는 이상 그는 당가의 존재보다 내가 이기는 것이 더 중요한 듯했다.

"싸워보면 알겠죠."

다행히 오늘은 첫 대전이 당가와 나의 비무였다. 다른 사람들의 비무를 구경하고 싶은 마음은 없었다. 처음 중국으로 오기 전만 해도 중국의 무예가들의 기운 활용법을 배우고 싶었지만, 지금 여기에 있는 각성자 중에 나보다 기운을 잘 활용할 줄 아는 사람은 없어 보였다.

"조심히 다녀오세요."

나는 통역사에게 손을 한 번 흔들어주고는 비무장 위로 걸어갔다.

이미 나를 기다리고 있던 눈꼬리가 쫙 째져 있는 당가의 사람이 어서 오라고 손짓을 하고 있었다. 마교 사내와의 전투를 보았을 텐데 이런 반응을 보이다니. 겁이 없는 건지, 아니면 자신의 실력을 망각하고 있는 건지 헷갈렸다.

나는 그에게 눈길 한 번 제대로 주지 않고, 심판의 얼굴만을 바라보고 있었다.

어서 비무 시작을 알리라는 무언의 압박이었다.

심판은 나의 압박을 견디지 못했는지, 얼른 비무 개시를 알리는 소리를 지르고는 비무장 밑으로 내려갔다.

당가의 사람은 나와 통성명을 하고 싶은 생각은 없었는지 고개도 까딱거리지 않고 곧장 품 안으로 손을 집어넣었다.

그가 품 안으로 손을 집어넣자 익숙한 기운이 느껴졌다.

며칠 전에 차에 들어 있는 독과 같은 종류의 독이 그의 품 안에 있다.

'찾았다. 독 푼 새끼.'

그가 푼 독이 나에게 영향을 끼치지는 못했지만, 그래도 그가 나에게 독을 풀었다는 것은 변하지 않는 사실이다. 몰랐다면 그냥 넘어갔겠지만, 지금 눈앞에 독을 푼 사람이 있다면 말이 달랐다.

'너는 한 시간짜리다.'

마교의 사내를 정화한다는 목적으로 30분을 넘게 두드렸다. 그의 기운은 정화가 필요하지는 않지만, 한 시간을 넘게 두드려야 속이 풀릴 것만 같았다.

애써 수련을 시켜려는데 당가의 사내는 발을 움직이며 나와의 거리를 유지하려고 했다.

그의 발놀림이 마음에 들지 않는다. 흙의 기운을 끌어 올려 그의 발을 붙잡았다. 물의 기운도 섞여 있었기에 그는 끈적끈적한 진흙에 발이 묶인 느낌을 받고 있을 것이다.

그의 입에서 거친 단어들이 쏟아져 나왔다.

중국말을 알아듣지 못하기에 무슨 뜻인지는 몰라도 말투가 거친 것을 보아 좋은 말을 하고 있는 것 같지는 않았다.

가장 먼저 두드릴 곳이 그의 입으로 정해졌다.

발이 묶인 그에게 다가갔다. 일부러 천천히 걸어갔다. 그는 품에서 암기를 꺼내 집어 던졌지만, 바람은 내 편이었다.

암기들은 방향을 잃고 나를 피해 엄한 비무장에 생채기를 내었다.

마교의 사내를 두드릴 때처럼 그의 팔을 한 손으로 붙잡았지만, 자세가 불편하게 느껴졌다.

바람의 기운을 끈의 형태로 만들어 그의 손을 구속했다.

양손이 자유로워지자 이제야 그를 두드릴 준비가 되었다.

처음 정한 대로 그의 입에 주먹을 박아 넣었다.

툭.

그의 이빨 하나가 땅으로 떨어졌다.

주먹질 한 번에 이빨 하나는 남는 장사가 아니다. 최소 이빨이 뭉텅이로 빠져야 본전 생각이 나지 않겠지.

투두둑.

이제 그의 입에서 하얀색이 보이지 않는다.

여기서 멈출 수는 없었다. 그의 품 안을 뒤졌다. 그리고 독의 기운이 느껴지는 여러 개의 병을 꺼내 뚜껑을 열고 그의 입안으로 부어 넣었다.

이빨이 없는 그였기에 독들을 거부하지 못하고 목구멍으로 삼켰다.

독이 보다 원활하게 소화되는 것을 도와주기 위해 소화기가 있는 곳을 위주로 두드리기 시작했다.

10분도 두드리지 않았는데, 그의 얼굴이 누렇게 뜨기 시작했다.

심판이 비무장 위로 올라와 나를 말리려고 했다. 아직 끝낼 시간은 아니다. 이제 10분을 두드렸을 뿐이다. 50분은 더 두드려야 한다.

나는 심판이 만류했음에도 그의 얼굴에 몇 번 더 주먹질을 하고는 비무장 밑으로 내려왔다. 이번에도 전과 마찬가지로 관중들은 얼이 빠져 있었다.

환호성은 당연히 없었고, 소수의 몇 명이 야유를 보내기는 했다.

*　　　*　　　*

4강전의 상대는 창을 들고 있는 사내였다.

그가 어디 문파인지 물어보지도 않았다.

비무 대회가 지겨워졌다.

나는 빨리 끝을 내고 싶은 마음뿐이었다.

창을 들고 있는 사내는 이 비무 대회를 위해 꾸준히 수련을 했을 것이다.

하지만 그의 사정을 고려하기에는 중국에서의 시간이 지

겨웠다.

어서 한국으로 돌아가서 마을을 둘러보고 수련생들의 수련 정도를 알고 싶었다.

내 마음이 이랬기에 승부는 너무도 쉽게 났다.

그가 휘두른 창의 중간을 잡아채어 반 토막을 내고 그의 얼굴에 주먹을 박아 넣어 그를 바닥에 쓰러뜨렸다.

마지막 일격으로 쓰러져 있는 그에게 발길질을 하려는 찰나, 심판이 급히 비무대 위로 올라와 나를 말렸다.

너무 순식간에 끝이 난 경기였기에 관중들은 소리도 내지 않고, 입만 벌리고 있었다.

"이제 결승인가?"

"그렇습니다. 이제 한 경기만 남았습니다. 부디 우승하시기를 기도하겠습니다."

"기도 안 하셔도 우승할 생각입니다."

통역사는 일확천금의 기회를 준 나를 극진히 대접했다.

이제 한 경기만 이기면 한국으로 돌아갈 수 있다.

그들이 나를 그냥 놓아준다면 말이다. 이미 중국 헌터 협회 수뇌부들은 내가 가진 실력이 자신들을 상회한다는 것을 알고 있었다. 굳이 결승까지 할 이유도 없었다.

애들 노는 놀이터에 어른이 훼방을 놓는 기분마저 들었다.

똑똑똑.

통역사가 문을 두드렸다. 결승전이 시작되기까지 하루가 남은 상황에 누군가가 통역사를 대동하고 나를 만나러 왔다.

"들어오세요."

문을 열고 들어오는 사람은 중국 헌터 회장이었다. 그의 얼굴은 벌레 100마리는 먹은 것처럼 좋지 않았다.

"앉으세요."

의자에 자리를 잡고 앉은 그는 목이 타는지 주전자에 담긴 차를 따라 마시고는 입을 열었다.

"결승까지 오르신 것을 축하합니다."

"축하받을 정도로 열심히 하지는 않았습니다."

중국 각성자들을 무시하는 발언이었지만, 사실이기도 했다. 비무를 하면서 땀 한 방울 흘리지 않은 상황에서 열심히 했다고 하는 것은 거짓이다.

"실력을 인정하겠습니다."

무슨 말을 꺼내려고 협회장이 이렇게까지 저자세로 말하는 것일까?

"무슨 말을 하고 싶은 겁니까?"

"이대로 한국으로 돌아가서도 아무런 제재를 가하지 않겠다는 말입니다. 수뇌부 간의 회의를 통해 추용택 씨의 사과를 받지 않아도 아무런 행동을 하지 않겠다고 결론을 냈습니다."

그가 왜 갑자기 사과를 받지 않겠다고 했을까? 머리를 조금 굴리니 답이 보였다.

수많은 중국 관중들 앞에서 이방인이 비무 대회에서 우승하는 모습을 보이고 싶지 않은 것이다.

결승을 포기하고 한국으로 돌아가는 것으로 사과를 대신하겠다는 것이다.

나로서도 마다할 이유가 없었다.

나는 일이 조용히 마무리된다면 지겨운 비무 대회를 계속할 마음이 없었다. 우승 상품에 욕심이 있는 것도 아니었기에, 나는 곧장 긍정의 의사를 내보였다.

"알겠습니다. 그러면 내일 한국으로 돌아가겠습니다."

"중국에서 짧은 시간이었지만, 좋은 추억이 되셨으면 좋겠습니다."

그는 내 대답을 듣자 더는 말을 하고 싶지 않았던지 곧바로 자리에서 일어났다.

통역사가 문을 닫고 울상을 지으며 나를 바라보았다.

"저 이제 어떡합니까?"

"무슨 일이라도 생기셨나요?"

"전 재산을 추용택 님이 우승하는 데 걸었습니다. 그런데 이렇게 돌아가시면 저는 거지가 됩니다."

"그렇다면 이거라라도 가지세요."

나는 비상금으로 가지고 있던 마정석 하나를 그에게 주었다.

그는 차마 거절을 하지 못하고 내가 건넨 마정석을 받아 들고는 눈물을 보이려고 했다.

난 사내의 눈물을 보는 취미는 없었기에 그를 얼른 방에서 내보내고는 한국으로 돌아갈 준비를 했다. 텔레포트를 이용해 한국으로 돌아갈 수도 있었지만, 그래도 마지막 작별 인사를 하는 것이 예의였기에 내일 중국을 떠나기로 마음먹었다.

다음 날 해가 밝아왔고, 드디어 한국으로 떠날 시간이 되었다.

비무 대회 결승이 시작되기까지 반나절이라는 시간이 남아 있었지만, 이미 많은 사람이 비무장을 채우고 있었고, 나는 그들 몰래 빠져나가야 했다.

나를 가장 먼저 찾아온 사람은 원각 스님이었다.

"고생이 많으셨습니다. 일이 조용히 마무리된 것 같아 정말 다행입니다."

"전부 스님께서 노력해 주셔서 가능했습니다. 감사합니다. 언제 한국을 찾아오실 일이 있으면 지금의 고마움을 갚아드리겠습니다."

내가 다시 중국을 방문할 가능성은 희박했다. 중국에서 좋은 기억은 하나도 없었기에 다시는 중국 땅을 밟고 싶지 않았다.

"제가 죽기 전에 한국을 꼭 방문하겠습니다. 그럼 조심히 가십시오."

나는 한동안 방 안에서 시간을 보냈지만, 원각 스님을 마지막으로 나를 찾아오는 사람은 없었다. 나도 딱히 다른 사람들을 보고 싶은 마음은 없었기에 그들이 있는 곳으로 향하지는 않았고, 통역사만을 데리고 공항으로 이동했다.

공항에서 비행기를 타는 모습은 보여야 했다.

처음 공항에서 이곳으로 올 때는 수십 대의 차가 나를 따라왔지만, 지금은 허름한 차를 타고 공항으로 이동했다.

마치 도망자 같은 모습이었지만, 한국으로 돌아갈 수 있다는 마음이 더 컸기에 신경 쓰지 않았다.

"이제 한 시간만 더 가면 공항입니다."

"아직도 한 시간이나 남았나요? 지루하네요."

괜히 땅덩어리만 넓어서 사람을 고생시키는 중국이다.

조용한 도로 위에는 우리를 제외한 다른 차들의 모습은 보이지 않았었다.

하지만 지금 수많은 기운이 내 앞을 지키고 서 있었다.

'그래, 이대로 보내줄 리가 없지.'

"차 세우세요."

통역사는 갑자기 차를 세우라는 나의 지시에 당황하며 차를 세웠다.

"안에 있으세요. 조금 시끄러울지 모릅니다."

차에 내려 나를 기다리고 있는 사람들에게 다가갔다.

개미 떼의 모습이 저러할까? 도로 위는 사람들로 점령당해 있었다. 천 명은 족히 넘어가는 각성지가 나를 기다리고 있었다. 내가 도망을 가지 못하게 하려고 생각했던지 강 중간에 있는 다리에서 진을 치고 있는 그들이었다.

"저 사람들은 각 문파의 각성자들입니다."

차 안에서 기다리라는 내 말을 듣지 않고, 나의 옆으로 다가온 통역사였다.

"일단 말부터 들어봐야겠죠. 지금 왜 이러는지 물어보세요."

통역사는 목청을 키워 소리쳤고, 이내 대답을 들었다.

"살아서 나갈 생각이었냐고 물어보네요. 처음부터 살려 보낼 생각은 전혀 없었던 것 같습니다."

천 명의 각성자.

절대 작은 숫자는 아니었다. 보통 한 지역에 자리를 잡고 있는 각성자의 숫자는 300명 정도였다. 천 명의 각성자가 모이려면 세 곳 이상의 지역이 힘을 합쳐야 가능했다.

한 사람을 죽이기 위해 모인 숫자치고는 과한 숫자였지만, 나를 상대하기에는 부족한 숫자였다.

"저기 아는 얼굴이 있습니까? 저 무리를 지휘하고 있는 책임자로 보이는 사람 말입니다."

"전에 회의장에 협회장 옆에 앉아 있던 청성파의 수장이 저곳에 있습니다. 도복과 하얀 수염을 배꼽까지 기른 사람인데, 그가 책임자로 보입니다. 그보다 더 직책이 높은 사람은 보이지 않습니다."

자연을 사랑하고 신선이 되기 위해 수련을 한다는 그들이 한 사람을 죽이기 위해 무기를 들었다. 무기를 든 것도 부족해 천 명의 사람을 이용해 압박한다.

그는 오늘 신선은 되지 못해도 하늘로는 올라갈 것이다. 영혼이 하늘로 올라간다면 말이다.

뒤에서도 이상한 기운들이 느껴졌다. 천 명의 인원으로도 만족하지 못했던 걸까?

"뒤에 보이는 사람들은 누굽니까?"

"마교의 인물들로 보입니다. 그들이 왜 이곳에……."

정파와 마교가 같이 움직인다는 사실을 못 믿겠는지 통역사의 얼굴에는 의아함이 가득했다. 나에게 처참히 당해 비무장에 쓰러졌던 마교의 사내가 소리쳤다.

"뭐라고 하는 겁니까?"

"자신들이 도와주겠다고 합니다. 무슨 구원자님 어쩌고 하는데, 정확히 무슨 뜻인지는 모르겠습니다."

"정말 도와주겠다고 하는 겁니까?"

"그렇게 보이는데요."

마교가 나를 도울 이유가 있을까? 아무리 생각해도 그 이유가 생각나지 않았다. 오히려 나에게 두드려 맞았던 그가 나를 원수로 생각한다면 그건 이해가 갔다.

"일단 그들에게 물러서 있으라고 하세요. 괜히 다치지 말고."

"그들의 도움을 받지 않으실 생각입니까? 아무리 마교라고는 하지만 지금은 그들의 힘이라도 빌려야 되는 상황이지 않습니까?"

"제가 저들에게 손을 빌려야 할 정도로 다급해 보이십니까?"

"아무리 추용택 님이 강하셔도 천 명의 사람들을 상대하기는 불가능하지 않습니까?"

불가능하다. 그 말을 자주 들었지만, 언제나 불가능은 가능으로 바뀌었다.

그의 고정관념은 길지 않은 시간 안에 부서질 것이다.

"지켜보세요."

내가 도망치지 못하게 다리 위에서 나를 압박하는 그들의 작전이 나쁘다고 할 수는 없지만, 물은 내가 활용할 수 있는 좋은 무기 중 하나였다.

그것을 알지 못한 그들은 오늘 물의 무서움을 느낄 수 있을 것이다.

발밑에서 느껴지는 물의 기운이 서서히 수면 위로 올라오고 있다.

조용히 흐르는 강물이 점점 거세진다.

물은 바람을 만나 다리 위로 올라섰다.

물의 외벽에 쇠의 기운이 합쳐졌다.

파도가 치기 시작한다. 바다도 아닌, 강도 아닌 다리 위에서 파도가 치기 시작했다.

그 파도는 일반 파도와는 달랐다.

파도의 속도는 빨랐고, 부딪치는 모든 것을 잘라내는 힘을 가지고 있었다.

다리 위를 채우는 물을 보고도 피하지 않고 있던 그들은 앞에 있던 동료들의 다리가 잘려 나가서야 물을 피해 도망가기 시작했다.

하지만 그들이 도망치는 속도는 파도가 덮쳐 오는 속도에 비해 너무 느렸다.

아비규환. 천 명의 인원이었기에 뒤에 서 있 사람들은 앞의 상황을 몰랐다.

갑자기 뒤를 돌아 도망치는 사람들과 서 있던 사람들이 엉켰다.

넘어진 사람을 일으킬 생각도 하지 않고 그들을 밟고 도망친다.

한번 넘어진 사람들은 수백 명의 발에 밟혔고, 피를 토하며 죽어갔다.

하지만 그들의 고통은 길지 않았다. 파도가 그들의 위를 지나가며 고통을 줄여줬기 때문이다.

다리 위에서 파도를 피하지 못한다는 것을 깨달은 사람들은 강으로 뛰어들었다.

높은 곳이었지만 일반 사람보다 뛰어난 육체를 가진 그들은 충분히 살 수 있을 거라는 판단을 내려 한 행동이다.

하지만 그들의 판단은 잘못되었다.

강물은 그들을 살릴 동아줄이 아니라, 지옥으로 데리고 갈 유황불이었다.

이미 강은 불타고 있다. 불의 기운을 받아들여 강물은 용암처럼 뜨거워진 상태였다.

그들이 물에 빠지는 순간 살아남을 방도가 없었다.

온몸이 타들어가는 고통을 느끼며 지옥으로 끌려가야 한다.

한 번에 너무 많은 기운을 사용했던지 피로가 느껴졌다.

살아 있는 사람은 얼마 되지 않았기에 더는 파도를 만들 필요가 없었다.

나는 기운을 회수했고, 다리 위에서 춤추던 파도가 잠잠해졌다.

더는 파도가 자신들을 쫓아오지 않았지만, 여전히 뒤도 돌아보지 않고 도망치는 그들이었다. 내가 일으킨 파도가 많은 사람의 목숨을 빼앗아 갔지만, 그들의 발에 죽은 사람의 수도 적지 않았다.

청성파의 수장이라는 사람은 무리의 가장 뒤에서 달리고 있었다.

가장 앞서 있던 그가 가장 후미로 가 있는 것이다.

그는 책임자가 아니었다. 도망자일 뿐이다.

도망치는 그의 앞에 장벽을 세웠다.

갑자기 모습을 드러낸 장벽의 모습에 당황한 그는 장벽을 부수기 위해 검을 휘둘렀지만, 두 가지의 기운이 합쳐져 있는 장벽이 그렇게 쉽게 부서질 리는 없었다.

괜한 힘만 빼고 있는 중이었다.

앞에는 내가 있었고, 뒤에는 장벽이 가로막고 있다.

그리고 다리 밑에는 뜨겁게 타오르고 있는 유황불이 기다리고 있다.

그들이 도망갈 곳은 없었다.

그들은 그제야 뒤를 돌아 나를 쳐다보았다.

나를 향해 무슨 말을 하고 있긴 했지만, 알아들을 수는 없었다.

그들의 앞으로 다가가자, 수십 명의 사람이 달려왔다.

아직 버리지 않은 무기를 들고 나에게 덤벼드는 각성자들의 목이 일순간에 떨어졌다.

내가 날린 바람의 칼날이 사람들의 목을 자르고는 장벽에 박혔다.

거기서 멈추지 않고 바람의 칼날을 날려 수십 명의 머리를 떨어뜨렸다.

이제 제대로 서 있는 사람은 아무도 없었다.

목이 잘려 쓰러진 사람들이거나, 발에 힘이 풀려 쓰러진 사람뿐이었다.

청성파의 수장이라고 했던 사람은 그래도 완전히 힘이 풀리지는 않았는지 한쪽 다리만 굽히고 있었다.

나는 그를 향해 걸어갔다. 이제는 아무도 나를 향해 달려들지 않았기에 그에게로 가는 길을 가로막는 장애물은 없었다.

그의 앞에 도착하자 그는 굽힌 다리를 억지로 폈다.

그의 용기를 칭찬하고 싶었지만, 상황이 좋지 않았다.

SS급의 기운을 가지고 있는 그의 기운이 느껴졌다.

도교 계통의 문파인지 기운은 꽤나 맑았지만, 기운과는 다르게 그의 인상은 악인이다.

무리의 책임자임에도 책임지지 않고, 누구보다 빨리 도망친 그가 선인일 리는 없다.

그의 기운이 아까웠다. 이런 사람에게 있을 기운이 아니었다.

기운이 어서 자신을 해방시켜 달라고 소리치는 것 같다. 나는 부탁을 받아들여 그의 몸속에 갇혀 있던 기운들을 자연으로 해방시켜 주었다.

"아아아……."

기운이 빠져나가자 입이 열리는지, 그는 나이답지 않게 울음을 터뜨렸다.

나이 든 사람의 눈물은 추했다.

하얀 수염만큼 나이를 먹은 사람이 목숨에 연연해서는 안 되었다.

나는 그의 목덜미를 잡고 통역사가 기다리고 있는 장소로 돌아왔다.

"나를 죽이려고 했던 이유가 뭔지 물어봐 주세요."

"협회장의 명령에 따랐을 뿐이라고 합니다."

"그렇군. 그럼 이제 죽어라."

"자신을 죽인다면 한국이 무사하지 못할 거라고 합니다."

"그건 내가 알아서 하마. 지옥에서도 열심히 도망치기를 바라마."

하얀 그의 수염이 붉게 변했다.

다리 위는 수백 명의 시체로 가득했고 지옥의 모습을 연상케 했다.

제4장
자치권

다리 위에서의 전투가 끝이 났다.

나를 말리던 통역사는 나를 제대로 쳐다보지도 못하고 있었다. 나를 악마로 보는 건가?

오히려 뒤에 있던 마교의 사람들이 환호성을 지르며 나에게 다가왔다.

"여기는 무슨 일로 오셨습니까?"

아직 공포심이 가시지 않은 통역사는 그래도 자신의 일을 소홀히 하지 않고 재빠르게 마교의 인물에게 나의 말을 전하였다.

"구원자님을 돕기 위해 왔습니다. 하지만 역시 저희의 도움은 필요가 없을 정도로 강하십니다."

"저를 돕기 위해? 저를 도울 이유가 있나요?"

"저희를 구원해 주십시오."

수백 명의 마교인이 동시에 오체투지를 하며 소리쳤다.

내가 신도 아닌데 저들을 어찌 구원해 준단 말인가.

"왜 이러시는지 도저히 이유를 알 수 없군요."

"저의 기운을 정화해 주시지 않았습니까. 저희는 몬스터 범람 이전부터 마기의 통제를 위해 노력했습니다. 각성을 하기 전에는 그래도 일상생활이 가능할 정도로 마기를 제어할 수 있었지만 각성을 하고부터는 힘에 대한 욕구가 강해져 무분별하게 기운을 받아들였고 그 결과 지금 마교의 전투 부대 전부가 마기를 통제하지 못하고 괴물로 변하고 있습니다. 부디 저희를 불쌍히 여겨 구원해 주시기 바랍니다."

내가 그의 마기를 정화시켜 주기는 했다. 드래고니안의 수련법은 그릇을 만드는 것과 동시에 몸에 있는 기운들을 규칙적으로 배열하는 것에도 효과적이었다.

그렇다고 해서 내가 수백 명의 마교인을 일일이 정화시켜 줄 수는 없는 일이었다.

"저는 그럴 능력이 되지 않는 사람입니다. 그냥 가세요."

"제발 저희를 거두어주십시오, 교주님."

구원자에서 교주로 나를 달리 말하는 그였다. 내가 왜 마교의 교주가 되어야 하는가.

종교를 믿은 적은 없었고 첫 종교가 마교가 되고 싶은 마음은 더더욱 없었다.

"교주가 되고 싶은 마음은 전혀 없습니다. 돌아가세요."

내가 아무리 말해도 그들의 마음은 변하지 않았다. 얼마나 절실한지 머리를 아스팔트에 연신 찍고 있는 그들이었다. 머리에서 피가 흥건히 흐르고 있는데도 계속 머리를 땅에 박았다. 무식한 놈들. 광신도라는 말이 저들을 위해 만들어졌을 거다.

그들의 모습을 보자 한 가지 생각이 들었다.

수백 명이 넘는 저들을 한국으로 데려와 수련생으로 만든다면?

엄청난 전력이 될 것이 분명하다.

일반 헌터보다 더욱 전투에 특화되어 있는 그들이다. 분명 저들을 수련시킨다면 한 나라를 전복시킬 정도의 힘을 가지게 될 것이다. 물론 나라를 전복시키고 싶은 마음은 없지만 그래도 지금처럼 다른 나라의 헌터 협회가 나를 압박하는 일은 없을 것이다.

하지만 정말 저들을 수련생으로 만들어도 괜찮을까?

피에 익숙한 그들이다. 조금만 다툼이 생겨도 생사를 건 결투를 신청하는 마교인들이 한국으로 들어오면 어떤 상황이 발생할지 모른다.

그렇지만 그 정도 위험을 감수할 정도로 저들이 매력적이긴 했다.

그래, 일단 저지르고 보자.

"알겠습니다. 그러면 기운의 정화가 필요한 사람들은 한국으로 오십시오. 하지만 한국으로 온 순간부터 마교의 그늘을 벗고 저의 수련생이 되는 겁니다. 마교를 벗어날 자신이 있는 사람만 한국으로 건너오십시오."

"어찌 저희에게 그런 선택을 강요하시는 겁니까. 부디 교주가 되어 저희들을 이끌어주십시오."

"저도 많이 양보한 겁니다. 저는 교주가 되고 싶은 생각도 없고 중국 사람도 아닙니다. 저는 한국에서 평생 살아갈 겁니다. 저를 따라 한국에 정착할 마음이 있는 사람들만 한국으로 오세요."

아무런 말이 없이 눈알만 굴리는 그들이다.

마기의 제어와 종교.

그들의 고민은 쉽게 끝이 날 것 같지 않았다. 평생을 믿고 따랐던 종교를 버리는 것은 쉽지 않은 일이다. 하지만 마기의 제어가 되지 않아 몇 번이고 인간에서 괴물로 변해 버리는 모습을 더는 보고 싶지 않을 것이다.

"저는 교주님을 따라 한국으로 넘어가겠습니다."

비무장에서 나에게 기운을 정화당했던 사내가 선택을 마쳤는지 나를 따라 한국으로 가겠다고 말했다.

그의 눈에는 마기에 잠식되어 있던 총기가 다시 빛을 발하고 있었다.

"저를 교주라고 부르지 마세요. 교관이라고 부르시면 되겠네요."

스승이라는 단어로 불리고 싶은 마음은 없었다. 교관이면 족했다.

"알겠습니다. 교관님을 따라 지금 당장 한국으로 넘어가겠습니다."

그의 말을 시작으로 마교인들 사이에서 동요가 일어났다.

마교인 중에서도 최상위 각성자인 그가 나를 따라 한국으로 넘어가겠다고 선언을 한 상태다. 그들이 동요가 당연한 것이었다.

"선택의 시간을 드리겠습니다. 저는 먼저 한국으로 넘어갈 테니 언제든지 결정이 끝나면 한국으로 넘어오세요. 주소는 따로 남겨 드리겠습니다."

통역사는 자신의 안주머니에 있는 수첩을 꺼내 내가 불러 준 주소를 받아 적어 마교인에게 주었다. 주소를 집어 든 사내는 그 주소를 외우고는 다른 마교인들에게 넘겼다.

서로 먼저 주소를 받아 적기 위해 약간의 실랑이가 벌어졌다.

"그럼 저는 이만 가겠습니다."

"추용택 님, 저도 한국으로 가면 안 되겠습니까?"

통역사가 머리를 긁적이며 말했다. 그도 이제 중국에서 살아남기 힘든 사람이다.

나와 붙어 있었다는 이유만으로도 그가 죽을 이유가 충분했다.

"한국으로 오셔도 됩니다."

그를 마다할 이유가 없다. 중국에서 몇 안 되게 마음을 열고 대화를 나눈 사람이기도 했고 마교인들이 한국으로 넘어오면 통역사의 존재가 필요하기도 했다.

"그럼 우리는 먼저 출발할 테니 한국으로 올 사람들은 알아서 넘어오세요."

그들이 한국으로 넘어올 방법까지 구해줄 필요는 없다. 그들 알아서 배를 구하든지 걸어서 오든지 해야 한다.

"그럼 출발하겠습니다."

차에는 나와 통역사 그리고 마교 사내가 탔고 우리는 시체를 피해 공항으로 이동했다.

공항에는 아직 우리를 기다리고 있는 경비행기가 있었고 우리는 곧장 한국으로 출발했다.

텔레포트를 하고 싶긴 했지만 옆에 있는 통역사와 마교인 때문에 꼼짝없이 경비행기를 타고 한국으로 향했다.

"역시 한국 공기가 좋네."

몬스터 범람 덕분에 대부분의 공장들이 문을 닫았고 차가 다니지 않았기에 중국의 공기도 이전보다는 나아지긴 했지만 그래도 한국의 공기가 훨씬 좋았다.

공항에서는 미리 연락을 받았는지 헌터 협회장이 마중을 나와 있었다.

그는 똥 씹은 표정을 하며 얼굴을 붉히며 소리쳤다.

"아니, 제정신인가? 중국에 가서 천 명이 넘는 각성자를 죽이는 게 말이나 되는 소리인가? 지금 중국과 전쟁이 일어나기 일보 직전이네."

"중국 정부에게 서신을 한 장 보내세요. 만약 한국으로 쳐들어온다면 저는 그 결정을 내린 사람과 측근을 사냥할 거라고. 제 능력을 조금이라도 본 사람이라면 제 말이 가능하다는 걸 알고 있을 겁니다. 그리고 협회장님 요즘 저를 너무 무시하는 경향이 있습니다. 저를 무슨 부하쯤으로 생각하는 것 같으신데. 불쾌하군요."

그제야 자신의 위치를 알아채고 나긋나긋하게 말하는 협회장이었다.

그가 나의 손에 죽을 뻔했던 것이 몇 달 되지 않았다. 그 공포가 다시금 그의 머릿속에 떠올랐을 것이다.

"나는 단지 나라를 걱정하는 마음에 한 소리일세."

"알고 있으니 손을 쓰지 않고 있는 겁니다. 만약 협회장님이 사리사욕을 위해 그러셨다면 협회장의 자리에 다른 사람이 대신 올라가 있을 겁니다."

나는 기회가 온 김에 비행을 하면서 생각한 내용을 협회장에게 말하기로 했다.

"그리고 자꾸 다른 헌터들이 대구 지역에 침입하는데 도대체 한국 헌터 협회에서는 뭘 하고 있는 겁니까?"

"우리도 최선을 다하고는 있지만 나라가 작은 만큼 다른 나라의 눈치를 볼 수밖에 없다네."

"앞으로도 막지 못한다는 말이시지요? 그러면 대구 지역 자치권을 저에게 주세요. 제가 관리를 직접 하겠습니다."

사유지로 마을을 가지고 있긴 했지만 그것으로는 마을을 지키기 힘들었다. 최소한 대구 지역을 손안에 두어야 다른 나라의 헌터들을 효과적으로 상대할 수 있다.

"한 지역의 자치권을 가지겠다는 의미는 나라에 반역을 일으킨다는 소리와 다르지 않다네."

"반역이요? 지금 한국이 반역을 일으킬 정도의 가치는 있습니까? 눈치나 보며 풀을 뜯어 먹는 초식동물을 가져서 뭐합니까? 저는 단지 제가 살고 있는 지역의 안전을 위해 하는 말입니다. 사실 제가 이런 말을 하지 않고서도 충분히 대구 지역 정도는 아무도 접근하지 못하게 할 능력이 있다는 것을 알고 있지 않으십니까?"

사실 대구 지역의 자치권이라고 해봐야 마을 중심으로 자치권을 행사할 생각이었다. 다른 지역은 관심 밖이었다.

"하지만 그렇게 되면 안 그래도 적은 세수가 줄어들게 되고 나라가 더 힘이 들게 된다네."

"세금 걱정은 하지 마세요. 꼬박꼬박 지금 받는 만큼 드릴 테니까요. 솔직히 자치권이라고 해봐야 지금과 달라지는 것은 거의 없다고 봐도 무방합니다. 단지 대구 지역을 제가 보호하겠다는 것이지요."

"내가 지금 결정을 할 수는 있는 문제는 아닌 것 같군. 대통령과 회담을 하고 결정하겠네."

"뭐 회담을 하든 뭐를 하든 상관없습니다. 이것은 부탁이 아니라 통보이니까요. 잘 생각하세요. 만약 정식으로 공문을 주지 않는다면 더는 대구에서 정부로 올라가는 세금은 없을 겁니다. 생필품이나 식량으로 협박을 하는 순간 헌터 협회부터 시작해서 대통령까지 저를 피해 도망 다녀야 할 겁니다. 그리고 더는 저를 찾아오지 마세요. 무슨 일이 있더라도 말입니다."

"하지만……."

협회장의 말을 듣지 않고 주차되어 있는 차에 시동을 걸었다. 창문 밖으로 마정석 하나를 던져 주어 차의 가격을 지불했다.

행정이나 경영이라곤 삼국지나 문명 같은 게임을 하면서나 게임 속 지역을 통치해 본 것이 다인 나이니 한 지역을 운영할 능력은 없다고 봐도 좋았다. 그래서 지금 대구에서 행정을 보고 있는 사람들을 그대로 흡수할 생각이다.

그들이 애국심을 위해 일을 하고 있다는 생각은 하지 않는다. 결국은 돈을 위해 일을 하고 있는 것이다. 충분한 돈을 약속하면 그들이 나를 위해 일하지 않을 이유는 없었다.

너무 조급하게 일을 저질러 버린 것은 아닌지도 싶었지만 그래도 내 공간을 만들 필요는 있었다. 정부가 나를 그리고 마을 사람들을 지킬 생각이 없다면 스스로 지켜야만 한다.

그것이 이 시대에서 살아남는 방법이다.

"다녀왔습니다."

마을 축제가 시작되었다.

나를 오매불망 기다리고 있던 동생들과 마을 사람들이 축제를 열었다. 축제라고 해봐야 고기와 약간의 술을 마시는 것뿐이었지만 수련생들까지 합류하자 꽤 큰 규모의 축제가 되었다.

"사장님, 견딜 만하세요?"

"견딜 만하냐고? 요즘 들어서 그라니안이 그리울 정도다. 루카라스 그분은 진짜 말이 안 통한다."

"루카라스 님이 직접 수련을 도와주는 건가요?"

3기 수련생들의 수련을 루카라스에게 부탁하긴 했지만 그가 직접 수련을 관리할 거라고는 기대하지 않았다. 나는 그가 약간의 도움을 주는 것만으로도 충분히 만족했다.

"그래. 말도 안 통하는 상대인 데다가 얼마나 무자비하게 수련을 시키는지. 이것 봐라, 요즘 뜨거운 온천물에 온몸이 화상 천지다."

정말 사장의 몸 곳곳에는 화상 자국이 가득했다. 루카라스에게 수련을 받아본 입장에서 그의 수련법이 얼마나 무대포인지 잘 알고 있었다.

아마 아무런 말도 없이 3기 수련생들을 온천에 던져 넣었을 것이다. 그러고는 밖으로 나오지 못하게 물의 기운을 일으켜 그들을 붙잡고 놓아주지 않았을 것이다.

생각만 해도 옛날의 기억이 새록새록 떠올라 몸에 소름이 돋았다.

"다시 그라니안한테 수련을 받으면 안 될까?"

그라니안도 요즘 들어 조화의 수련을 한창 하고 있는 중일 것이다. 마지막으로 보았을 때 바람의 칼날에 쇠의 기운을 합치는 수련을 하고 있었다. 지금쯤이면 두 가지의 기운을 조화롭게 사용할 수 있을 것이다.

그라니안 밑에서 수련을 하고 있는 2기 수련생들이 고생일 것이다.

스트레스 해소용으로 두들길 테니까.

잔치가 어느 정도 끝이 나자 나는 2기 수련생과 그라니안이 궁금했고, 그래서 그라니안의 보금자리로 텔레포트를 했다.

"으아아아아!"

도착하자마자 들려오는 2기 수련생들의 비명 소리. 이미 육체의 그릇을 완성한 그들에게 몽둥이찜질이 더는 필요하지 않았지만 그라니안은 몽둥이를 들고 2기 수련생들을 두들기고 있었다.

"아직 육체의 완성이 부족한 것 같다. 내가 너희들을 완성시켜 주겠다."

2기 수련생들에게 하는 그라니안의 말은 전부 거짓이다. 단지 스트레스를 해소하기 위해 2기 수련생들을 두들기는 것이다. 나는 그를 차마 말리지 못했고 2기 수련생들에게도 진실을 말하지 못했다.

어느 정도 스트레스가 풀린 건지 그라니안은 2기 수련생들을 놓아주었고 나는 그제야 그에게 다가가 말을 걸었다.

"수련은 잘돼가? 바람의 칼날은 완성했고?"

바람의 칼날을 완성하기 위해서는 두 가지 기운을 완전히 조화를 이루어야 했다.

"거의 완성 직전이다. 하지만 코팅이 잘 되지 않는군. 네가 보여준 바람의 칼날보다 너무도 쉽게 부서진다."

나도 바람의 칼날을 완성하기 위해 드워프에게 몇 달 동안 가르침을 받았다. 그가 아무리 드래고니안이라고 해도 단시간에 완성할 수 있는 기술이 아니었다.

"하다 보면 되겠지. 그건 그렇고 2기 수련생들의 수련은 어느 단계까지 올라왔어?"

"이제 불의 기운을 어느 정도 흡수하고 바람의 단계로 넘어갔다. 인간의 재생력은 왜 이리 좋지 않은 건지 모르겠다. 하루에 한 번 정도밖에 수련을 하지 못한다."

당연한 말이다. 사람이 고층 건물에서 떨어져서 살아날 가능성도 희박한데 아무리 헌터라고 해도 고층 건물에서 떨어진 상처를 단시간에 회복할 수는 없었다.

그들이 육체의 그릇을 완성했기에 지금 같은 회복력을 보이는 것이었지 다른 일반 헌터들은 며칠이 지나도 회복되기 어려운 상처였다.

"그럼 계속 수고해. 그리고 새로운 수련생들이 올지도 몰라."

"4기 수련생 말고 다른 수련생들이 온다는 말인가?"

이미 4기 수련생들은 바닥을 뒹굴고 있었다. 4기 수련생을 두들기는 것만으로는 스트레스 해소가 되지 않아 더 단단한 신체를 가지고 있는 2기 수련생을 두들긴 그라니안이었다.

"아마 이번에 오는 수련생들은 4기 수련생들보다 뛰어난 육체를 가지고 있을 거야. 그리고 숫자도 제법 많을지도 모르고."

"기대되는군. 4기 수련생들은 두들기는 맛이 없다."

마교인들이라면 충분히 그라니안의 욕구를 채워줄 수 있을 것 같았다.

*   *   *

2주가 걸렸다.

수백 명의 마교인이 한국으로 넘어오고 다시 일본으로 넘어가는 데 걸리는 시간이 2주가 걸렸다. 생각보다 그들의 결정은 빨랐고 인원도 많았다.

한 지역의 패자로 군림하던 그들은 그들의 이권과 종교를 버리고 나에게로 왔다.

이제 그들은 내 수련생이 되었다. 당연히 이제부터는 내가 그들을 지원해 주어야 한다.

난 그들에게 일본까지 가는 배를 구해주고 일본에서 지낼 숙소도 마련해 주었다.

지하실에 쌓여 있던 마정석의 수가 확연히 줄었지만 마정석을 모으는 것은 사람을 모으는 것보다 어려운 일은 아니다.

한국으로 넘어온 마교인의 숫자는 정확히 218명이다. 일본에서 지내는 2기 수련생을 제외하면 대구 지역에 자리 잡은 수련생의 숫자는 300명 정도가 되었다.

이제는 한 지역을 충분히 지킬 수 있는 최소한의 인원수가 되었다. 그리고 수련생이 되기 위해 여전히 많은 수의 각성자가 수련생 마을을 찾고 있었다.

예전보다 조금 더 까다로운 심사 조건을 마련해서 그들을 뽑고 있었다.

하지만 5기 수련생인 마교인들의 수련이 끝날 때까지 새로운 수련생들을 일본으로 보내지 않았다. 한 번에 200명이 넘는 인원을 수련시켜야 하는 그라니안을 위해서였다.

고생이 많은 그라니안을 위해 루카라스가 좋아하는 초콜릿을 한 보따리 싸서 그에게 찾아갔다.

이미 바닥을 기고 있는 5기 수련생에 관심도 두지 않고 몽둥이를 닦고 있는 그라니안은 나를 보고 가볍게 손을 흔들어

주었다. 평소보다 기분이 좋아 보이는 그였다.

"너무 많은 인원을 한 번에 수련시키려니 힘들지?"

"마음에 든다. 4기 수련생은 너무 답답했다. 확실히 이번에 들어온 수련생들은 마음에 드는군. 눈에 독기가 가득 차 있어 두드리는 맛이 있어."

5기 수련생 뒤에서 떨고 있는 4기 수련생들이 차례를 기다리고 있었다.

한 달 정도 먼저 수련을 시작한 그들이었지만 확실히 진도가 떨어졌다.

하지만 그런 것은 시간이 해결해 줄 것이다. 아니, 그라니안의 몽둥이가 해결해 줄 일이었다.

"이거 먹고 해. 아마 입맛에 맞을 거야."

같은 드래고니안인 루카라스가 좋아하는 초콜릿을 그도 좋아할 것이 분명했다.

달콤한 향이 퍼지게 초콜릿의 껍질을 까서 그에게 내밀었다.

그는 코를 벌렁벌렁거리며 초콜릿을 향해 손을 뻗다 멈추었다.

"저기 기다리고 있는 나머지 수련생들의 수련을 마치고 먹겠다. 조금만 기다려라."

바들바들 떨고 있는 4기 수련생들은 그라니안이 다가오자 귀신이라도 본 것처럼 소리 질렀고 마음이 약한 이는 기절하기도 했다. 하지만 그라니안은 기절을 했든 겁에 질렸든 상관하지 않고 공평하게 그들의 몸을 두들겼다.

기절을 한 사람은 아픔이 찾아오자 정신을 차렸고 다시 기절하기를 반복했다.

껍질을 깐 초콜릿을 입에 넣으며 그 장면을 구경하는 것 말고는 딱히 할 일이 없었다.

구타를 방자한 수련이 끝이 나자 그라니안은 내가 가지고 온 초콜릿을 입안에 넣었다.

"이게 초콜릿이군. 항상 궁금했다. 초콜릿이 무엇인지. 확실히 맛있군. 네가 뼈에 사무칠 정도로 외칠 이유가 있었어."

아직도 초콜릿에 대한 기억을 잊어버리지 않고 있는 그였다.

괜히 미안해지는 마음이 들었지만 변명을 하지 않고 하늘만 바라보았다.

한국 헌터 협회가 내가 말한 대로 서신을 보냈는지는 몰라도 중국에서는 어떤 행동도 보이지 않고 있었다. 서신을 보내지 않았다고 해도 중국 정부는 천 명의 각성자를 학살한 나라는 존재에 쉽게 움직이지는 못할 것이다.

이렇게 시간을 보내면 유리한 것은 나였다.

3기 수련생 중에 소수는 벌써 이전의 기운을 되찾았고 무서운 속도로 성장하고 있는 중이었다. 루카라스도 은근히 수련을 시키는 것을 즐기는 태도였다. 말로는 귀찮다고 하지만 역시나 사람과 함께 시간을 보내는 것을 좋아하는 루카라스였다.

오늘도 어김없이 3기 수련생들의 수련을 지켜보기 위해 루카라스의 보금자리로 찾아갔다.

'뭐지? 이 느낌은……'

평소와 다른 몬스터 월드의 기운이 느껴졌다.

공기가 끈적거렸다. 공기 중에 이상한 기운이 포함되어 있는 느낌이었다.

이 기운이 무엇인지 알 방법은 없기에 얼른 루카라스에게 달려갔다.

그도 이 기운을 느꼈는지 심각한 표정으로 자리를 지키고 있었다.

"무슨 일입니까? 왜 몬스터 월드의 공기가 이렇게 변해 버린 겁니까?"

"다시 시작되는 것 같다. 몬스터 범람이."

"몬스터 범람이 시작된다니 무슨 말씀이십니까? 이제 몬스터 범람은 도어를 관리하는 존재가 제어할 수 있는 것이지 않습니까?"

"지금은 그렇지만 그렇지 않았을 때도 있었다. 처음 몬스터 도어가 열리고 지금처럼 공기가 뜨거워졌을 때는 몬스터가 도어의 관리자를 두려워하지 않고 도어로 뛰어들어 갔지. 아마 11명의 제자 중 누군가가 깨어난 듯하다. 그때보다는 조금 약한 기운이기는 하지만 일반 몬스터 들은 이 기운을 견디지 못하고 도어로 향할 것이다. 나조차도 심장이 뛰는 속도가 빨라졌는데 다른 몬스터들은 참지 못할 것이다."

다시 몬스터 범람이 일어난다는 루카라스의 말이 믿기지 않았다.

얼마나 많은 사람이 몬스터의 발에 짓밟히고 죽어갔는지 아직도 생생히 기억이 났다.

그 일이 다시 일어난다면 그때와는 비교도 하지 못할 정도로 큰 피해가 발생할 것이다.

이제는 군대도 없고 무기도 없다. 오로지 각성자들의 힘을 믿어야만 한다.

그들이 막을 수 있을까?

현재 각성자들의 능력이라면 자연계 몬스터 한 마리도 버거웠다.

자연계 몬스터 한 마리와 일반 몬스터가 도어를 통해 침범한다면 그 지역은 초토화가 되는 것이다.

"막을 방법이 있습니까?"

"공기를 정화하지 않는다면 막을 방법은 없다. 하지만 크게 걱정하지는 마라. 이 기운에 일반 몬스터만 민감하게 반응할 뿐 자연계 몬스터까지 움직이게 할 정도는 아니다. 전에 비하면 약한 몬스터 웨이브가 될 것이다."

자연계 몬스터가 침범하지 않는다면 충분히 가능성은 있었다.

물론 힘든 전투가 될 것은 분명하지만 이미 충분히 사냥을 통해 경험을 쌓은 헌터들이라면 일반 몬스터들을 상대할 수는 있다.

"이곳의 몬스터들을 통제해 주실 수 있으십니까?"

"최대한 막아주마. 아니, 저들이 막으면 되겠구나."

루카라스가 가리킨 방향에는 3기 수련생들이 쓰러져 나자빠져 있었다.

"저들만으로 몬스터 웨이브에서 도어를 방어해 낼 수 있을까요?"

"내가 약간의 도움을 준다면 충분히 막아낼 수 있다."

B급 몬스터 도어인 이곳에 대한 부담을 덜어낸다면 충분히 대구 지역의 방어는 가능하다.

대구 지역 근처의 몇 개의 남지 않은 몬스터 도어에서 튀어나올 몬스터는 극소수였다.

그것도 대부분 바다나 위험지역에 생성되어 있는 몬스터

도어였기에 일반 몬스터들이 주거지로 접근할 가능성은 적었다.

"그럼 부탁드리겠습니다."

몬스터와 수련생을 동시에 부탁한다는 뜻을 담아 루카라스에게 말하고는 바로 마을로 이동했다.

지금은 한시가 바쁜 상황이다. 어서 움직여야만 피해를 최소화할 수 있다.

마을을 중심으로 방벽을 세워야 한다. 몬스터들이 넘지 못할 정도로 튼튼한 방벽을.

그러기 위해서는 대대적인 토목공사가 필요하다. 나의 기운을 일으켜 방벽을 만들 수는 있지만 한계가 있다.

나는 건설을 전문적으로 하는 인력들의 도움이 필요했기에 마을을 건설하며 얼굴을 익힌 대구토건 박남득 사장에게 연락을 해야 했다.

지부장을 통해 그를 부를 시간도 아까웠다. 나는 대구토건 회사가 있는 곳으로 곧장 날아가 사무실 문을 두드렸다.

"아니, 추용택 씨가 사무실까지 다 찾아오시고 이번엔 무슨 공사를 부탁하시려고 그러십니까?"

"벽을 짓는 공사를 해보신 적이 있으십니까?"

"벽이야 집을 짓기 위해서는 필수적으로 벽을 만들어야 하니 당연하지요."

"그런 작은 규모의 벽이 아니라 베를린 장벽이나 만리장성처럼 한 지역을 완전히 감쌀 수 있는 규모의 공사 말입니다."

"그런 공사를 해본 사람이 어디에 있겠습니까. 당연히 그런 규모의 방벽을 세운 적은 없습니다."

"그래도 가능은 하겠지요?"

"가능은 하지요. 하지만 왜 그런 공사를 부탁하시는지?"

"몬스터 범람이 다시 일어날지도 모릅니다. 그전에 대구 지역을 보호할 수 있는 방벽을 세우고 싶습니다. 공사비는 걱정하지 말고 바로 착공해 주세요."

지하실에 있는 마정석이 부족하다면 대대적인 몬스터 학살을 해서라도 자금을 모아야 했다.

지금은 돈을 걱정할 때가 아니었다. 시간싸움이었다.

"알겠습니다. 바로 공사에 들어가겠습니다."

몬스터 범람이라는 단어에 민감하게 반응하지 않는 사람은 존재하지 않는다.

불과 몇 년 전에 있었던 일이다. 몬스터 범람에 대한 공포는 모든 사람의 머리 깊숙이에 자리 잡고 있다.

대구토건 박남득 사장도 몬스터 범람을 겪어본 사람이었기에 나의 말에 군소리하지 않고 공사를 진행한다고 답했다.

"일단 공사 기간은 얼마나 걸리겠습니까?"

"지금은 급한 상황이니 단단한 벽을 짓기에는 무리입니다.

그것도 대구 지역 외곽 전부를 둘러쌀 정도로 큰 방벽을 만드는 것이라면요."

"기본적인 뼈대로 쓸 흙벽을 만든다면요?"

"네? 무슨 말씀이신지……."

백문이 불여일견.

나는 바로 물과 흙의 기운을 끌어 올려 방벽을 만들었다.

3m 정도 되는 방벽이 순식간에 세워졌다.

쇠의 기운을 포함시키면 더 단단한 방벽을 만들 수는 있지만 내가 가진 기운으로 대구 지역을 둘러싸는 방벽을 만들기 위해서는 두 가지의 기운을 사용하는 것도 버거운 일이었다.

"이 정도의 흙벽을 만들 수 있다면 공사 기간은 짧아집니다. 그런데 이 방벽을 대구 지역 외곽 전부에 만드실 수 있으십니까?"

"일주일이면 충분합니다."

내가 방벽을 만든다고 해서 끝이 나는 것이 아니었다.

박남득 사장은 나의 옆에 붙어 문의 위치와 망루의 위치를 설명해 주어야 했고 그것을 짓는 것이 그의 일이었다.

"그럼 일단 지도를 들고 오겠습니다. 지도에 대충 방벽의 위치를 잡는 대로 작업에 들어가시죠."

그는 사무실 벽에 붙어 있는 대구 지도를 뜯어 와 책상에 올렸다.

그는 빨간 펜으로 그림을 그리듯이 지도에 선을 그었고 그것이 이후 최후의 장벽이라고 불리게 된다.

"대충 이 정도면 되겠습니다. 문은 3개로 만들고 망루는 20㎞ 단위로 만들면 충분할 것 같습니다."

오로지 박남득 사장의 머리에서 만들어진 장벽의 위치였다.

지금은 전문가의 지식을 빌릴 시간도 부족했다. 박남득 사장의 경험을 믿는 수밖에 없었다.

나는 그를 옆구리에 끼고 대구 외곽으로 나왔다.

나의 노력으로 장벽은 급속도로 생겨났고 하루 사이에 수십 ㎞의 장벽을 세울 수 있었다.

천 명이 넘는 중국 각성자들과 싸울 때도 이렇게 지치지는 않았었다.

모든 기운이 소모되었다.

급하게 지은 벽이라 조금은 삐뚤긴 했지만 하루 만에 지은 것이라고 믿기지 않을 정도로 큰 규모의 장벽이었다.

"오늘은 여기까지 하기로 하죠. 그러면 내일 다시 찾아오겠습니다. 그리고 내일 선금 일부를 드리도록 하겠습니다."

공사비가 얼마나 필요할지는 모른다. 일단 공사를 착수할 수 있을 정도의 자금을 지원할 생각이었다. 그가 자금을 필요로 할 때마다 몬스터를 사냥해야 한다.

3일 동안 북구, 동구, 수성구에 장벽을 설치했다. 하지만 아직 절반도 마무리되지 않았다. 언제 몬스터 범람이 일어날지 모르는 상황에서 하루가 아쉬운 상황이다.

하루 종일 힘이 떨어질 때까지 장벽만을 만들었다. 처음보다 조금 익숙해져 만드는 속도가 빨라지긴 했지만 아직도 장벽을 완성하기에는 시간이 부족했다.

"지금 무슨 일을 하고 계시는 겁니까?"

갑자기 세워진 장벽에 지부장이 의아한 감정을 숨기지 않고 나를 찾아왔다.

아직 한국 헌터 협회에도 말하지 않았었다. 워낙 바쁘게 움직인다고 그들에게 경고를 해주는 것을 잊어버렸다.

"몬스터 범람이 곧 다시 시작될 겁니다. 그때를 대비해 장벽을 세우고 있는 중입니다."

"몬스터 범람 말씀이십니까? 수원 지역에서 일어난 것과 같은?"

"아닙니다. 수원 지역에서 일어난 몬스터 범람이나 일본 도쿄에서 일어난 몬스터 범람과는 다릅니다. 쉽게 말하면 처음 몬스터 범람이 일어난 것과 같은 몬스터 범람이 곧 일어날 겁니다. 헌터 협회도 최대한 방비를 하지 않으면 큰 피해를 입을 겁니다."

"그걸 왜 이제야 말씀해 주시는 겁니까!!"

"지금이라도 말해준 게 어디입니까. 다른 나라는 아예 모르고 있는 상황입니다. 지금이라도 알게 된 걸 행운이라고 생각하세요."

"그러면 언제 몬스터 범람이 일어나게 되는 겁니까?"

"이르면 오늘이라도 일어날지 모릅니다."

지부장은 급하게 뛰어갔다. 그도 내가 거짓말을 할 이유가 없다는 것을 알았다.

갑자기 만들어진 장벽들이 내 말이 사실이라는 것을 뒷받침해 주고 있었기에 그는 고민도 하지 않고 헌터 협회에게 이 사실을 알리기 위해 달려갔다.

"그럼 다시 시작하죠."

이미 공사는 한창 진행 중이다. 대구토건 박남득 사장은 인부들과 십장들을 시켜 문과 망루를 만들고 있는 중이었고 대부분의 시간을 나와 함께 장벽을 세웠다.

나는 그가 알려준 방향으로 장벽을 만들었고 실수가 있어도 다시 만드는 일은 없었다.

방향이 틀어지면 틀어진 대로 공사를 진행해야 했다.

지금은 세세한 것까지 따져 가며 공사를 할 시간이 부족했다.

제5장
다시 시작된 범람

"이제 완성했습니다."

대구 외곽을 둘러싸는 장벽이 완성되었다. 완성이라고 하
기에는 아직 허술한 부분이 많았지만 그래도 일주일 만에 만
든 장벽이라고는 믿기지 않을 정도로 우수했다.

처음 계획했던 3개의 문을 2개로 줄이면서까지 공사를 재
촉했기 때문에 가능한 일이었다.

몬스터 범람이 일어난다는 소문이 돌자 대구 시민들까지
합세하여 공사에 참여했고 다른 지역 사람들도 소문을 듣고
대구로 찾아왔다.

방벽이 완성되는 순간.

전 세계 몬스터 도어의 봉인이 일제히 풀어졌다.

대구에 있는 몬스터 도어에서 나오는 몬스터는 정말 극소수였다.

내가 이미 일반 필드에 위치하고 있는 몬스터 도어를 모두 파괴했기 때문이었다.

하지만 소수의 몬스터도 일반 사람들에게는 큰 재앙이었기에 나는 순찰을 소홀히 하지 않았다.

도시 곳곳에는 종이 설치되어 있고 사람들이 몬스터를 발견하는 즉시 종을 울리면 헌터들이 그곳으로 이동해 몬스터를 사냥했다.

수련이 끝나지 않은 4기와 5기 수련생들은 아예 일본에 있는 숙소를 떠나 그라니안의 보금자리에 숙소를 마련했다.

지금 세계 어디를 가도 위험했다. 차라리 몬스터 월드 안에 있는 것이 더 안전했다.

그라니안의 영역에 침범할 간 큰 몬스터는 없기에 그들의 안전에 대한 걱정은 접어두어도 괜찮았다.

몬스터 범람이 다시 시작되고 초반 며칠간은 몬스터의 모습이 보이지 않았다.

방벽을 넘지 않더라도 수많은 사냥감이 있었기에 굳이 큰 방벽을 뛰어넘을 필요성을 느끼지 못했을 것이다.

하지만 시간이 지나자 상황이 급변했다.

몬스터에 쫓겨 수많은 사람들이 장벽으로 접근했고 그 사람들을 따라 수천 마리의 몬스터가 방벽을 두드렸다.

두 가지 기운을 기초로 만들어진 장벽이 일반 몬스터에게 부서질 리는 없었지만 그들을 저대로 둘 수는 없었다.

그리고 몬스터에 쫓겨 장벽의 입구에 도착한 사람들을 모른 척할 수도 없었다.

하루에도 몇십 번의 전투가 벌어졌다.

전투라고 할 것까지도 없는 일방적인 학살이지만 내 몸은 한 개였다.

이자벨까지 고양이의 모습을 풀고 몬스터 사냥에 나섰음에도 모든 장벽을 커버할 수는 없었다.

"제3지역에 대규모의 몬스터가 발견되었습니다."

루카라스가 B급 몬스터 도어에서 빠져나오는 몬스터를 적극적으로 막기 시작하자 3기 수련생들을 빼내 올 수 있었다.

몬스터 범람이 다시 시작되고 며칠 동안 몬스터 월드 안에서 수천 마리의 몬스터와 싸웠던 그들은 능숙한 헌터가 되어 있었다.

자신들보다 몇백 배는 많은 몬스터와 싸운 그들이다. 루카라스의 도움이 있다고 해도 대단한 성과였다. 아직 기운의 조화에 대한 수련을 마치지 못한 그들이었지만 지금은 한가로

이 수련을 할 시간은 없었다.

그들 중에서 발이 빠른 각성자들을 중심으로 정찰 부대가 꾸려졌다.

정찰 부대의 임무는 장벽을 돌며 몬스터의 위치를 파악하는 것이었다. 그리고 몬스터에 쫓기는 사람이 발견되었을 때 약간의 시간을 벌어주면 되는 것이다.

수백 마리의 몬스터를 상대로 약간의 시간을 번다는 것은 목숨을 걸어야 할 정도로 위험한 일이다. 하지만 그들 모두 한 마디의 불평도 없이 맡은 임무를 수행했다.

지금도 한 명의 정찰조가 몬스터 발견을 알리고 있었다.

"생존자는 있나요?"

"생존자는 보이지 않습니다. 대규모의 몬스터만이 보일 뿐입니다."

생존자가 있지 않으면 정찰조가 할 일은 장벽 위에서 몬스터를 감시하며 나를 기다리는 것이었다.

나는 만약의 사태에 대비해 자리를 지키게 할 뿐 일체의 전투를 허용하지 않았다.

지금은 한 명의 각성자도 아쉬운 판국이었다.

"먼저 출발할 테니 천천히 따라오세요."

하늘을 날아 제3지역 수성구의 끝으로 이동했다. 3지역에 도착하자 수천 마리의 몬스터의 기운이 느껴졌다. 전투에 앞서 정찰조에게 다가갔다.

"보고할 내용 있나요?"

"특이 사항은 없었습니다. 아직 발견된 생존자도 없습니다."

"알겠습니다."

특이 사항이 없다면 바로 사냥에 들어가면 된다.

수천 마리의 몬스터가 보이기는 하지만 자연계 능력조차 가지지 못한 그들은 마정석 보관함과 다르지 않았다.

바람의 기운을 극성으로 끌어 올려 엄청난 크기의 칼날을 만들어내었다.

바람의 칼날이 앞으로 나아가자 몬스터들의 몸이 반으로 갈라지기 시작했다.

코팅도 필요하지 않았다. 일반 몬스터는 바람의 기운으로 만들어진 칼날에 속절없이 몸을 내주었고 수천 마리의 몬스터가 사라지는 데 20분이 채 걸리지 않았다.

"바로 마정석 회수에 들어가겠습니다."

전투가 끝이 나면 가장 신속하게 하는 일이 마정석 회수다. 마정석은 도시를 지탱하게 할 수 있는 소중한 자원이었다. 대구 안에 있는 마정석 발전소는 8개. 그곳에서 만들어내는 전기가 없다면 생활이 불가능했다.

하지만 하루가 다르게 쌓이는 마정석 덕분에 발전소가 멈추는 일은 생기지 않았다.

마정석 회수를 위해 정찰조가 조심스레 장벽을 타고 내려갔고 그들은 몬스터의 심장에 칼을 찔러 넣어 마정석을 꺼내어 가방에 집어넣었다.

나도 그들과 함께 마정석 추출 작업을 도왔지만 수천 마리가 넘는 몬스터의 마정석을 모두 회수할 수는 없는 일이었다.

장벽 위에는 산처럼 마정석이 쌓여갔지만 아직도 마정석 추출을 마치지 못한 몬스터가 많이 남아 있었다.

하지만 마정석 추출을 하며 시간을 낭비할 수는 없었다. 일정 분량의 마정석 추출이 끝이 나자 곧장 마정석 보관소로 이동했다.

나는 산처럼 쌓인 마정석을 바람의 보자기 안에 가득 담아 이동했다.

수백 개의 마정석이 하늘을 떠다니는 모습은 누가 봐도 군침을 흘리기에 충분했다.

마정석 하나만 가져도 몇 달은 편안하게 살 수 있다는 걸 모르는 사람은 없었다.

하지만 마정석 보관소에 침입할 정도로 간 큰 사람은 존재하지 않았다.

한국, 아니, 세계에서 유일하게 안전하다고 할 수 있는 이곳에서 쫓겨나고 싶은 마음을 가진 사람은 없을 것이다.

마정석 보관소에 마정석을 던져 놓자 다른 지역을 정찰하던 정찰조가 나를 찾아왔다.

"제5지역에 생존자와 다수의 몬스터가 발견되었습니다."

생존자가 있다. 생존자가 있으면 좀 더 신속하게 이동해야 했다.

3기 수련생들로 구성된 정찰조원들이 몬스터와 싸우고 있다.

조금이라도 늦으면 그들의 위험해질지도 모른다.

최대한 빠른 속도로 5지역으로 이동했다.

5지역 장벽에서는 전투 소리가 치열하게 들려왔다.

"모두 물러서."

정찰조원들은 내 목소리를 듣고 바로 몬스터와 떨어졌다.

나는 땅의 기운을 일으켜 몬스터가 밟고 있는 땅을 진흙탕으로 만들었다.

인간보다 큰 덩치와 몸무게를 가지고 있는 몬스터였기에 금방 몸이 진흙탕 속으로 빨려들어 갔다.

"생존자들을 어서 장벽 쪽으로 이동시켜."

정찰조원들은 몬스터를 피해 도망치던 생존자들을 장벽 근처로 이동시켜 보호했다.

땅에 발이 묶여 허우적거리는 몬스터들은 갑자기 얼어붙는 땅에 하반신을 잃어야 했다.

진흙탕이 얼어붙어 얼음이 되었다. 진흙탕을 빠져나오기 위해 격렬하게 움직이는 몬스터들이었기에 하반신이 찢어져 나가는 것도 인지하지 못한 채 계속해서 몸을 움직였고 그들은 점점 몸을 잠식해 오는 냉기에 눈을 감아야 했다.

내가 쓸 수 있는 기운이 무한대인 것은 아니다.

최근 들어 하루에도 수십 번의 전투가 벌어졌다. 내가 모든 전투에 관여할 수는 없었다.

이자벨의 힘을 빌린다고 해도 장벽 모두를 방어하는 것은 불가능했다.

결국 각성자들이 직접 전투에 나서야 했다.

수련을 받은 3기 수련생들이 다수의 각성자를 이끌고 사냥에 나섰다.

대구 지역에 있는 각성자의 수는 점점 늘어나고 있었다.

일반 사람들보다 신체 능력이 뛰어난 헌터들이었기에 그들은 몬스터를 피해 장벽에 일찍 도착할 수 있었고 나는 그들 모두를 받아들였다.

500명의 각성자가 대구에 있다. 이전보다 훨씬 많은 숫자이긴 하지만 그들이 할 수 있는 것은 많지는 않았다. 몬스터가 장벽을 올라오지 못하게 장벽 위에서 공격을 가하는 그들이다. 모든 사람이 몬스터 범람에 지쳐 가고 있었고 하루 빨리 몬스터 범람이 끝나기를 기도했다.

그라니안과 지내고 있는 4, 5기 수련생들을 만나보고 싶었지만 시간이 없었다.

그들이 도착한다면 큰 도움이 되겠지만 지금으로서는 그들이 일본에서 한국으로 합류할 방법이 전무했다.

처음 2주간은 한계를 넘어선 정신력으로 버텼다.

모든 각성자가 힘을 합쳐 장벽을 사수했다. 그리고 2주가 지나자 점점 몬스터의 수가 줄어들기 시작했다. 하루에 수십 번이 벌어지던 전투가 열 번으로 줄어들고 이제는 다섯 번으로 줄어들었다. 이제는 이자벨 혼자만으로도 충분히 장벽 사수가 가능한 단계까지 오자 여유가 생겼다. 여유가 생기자 나는 바로 루카라스를 찾아갔다.

오랜만에 텔레포트를 해 루카라스의 보금자리에 도착한 순간 더는 공기가 끈적하게 느껴지지 않는 것을 가장 먼저 느꼈다.

"이제 끝난 겁니까?"

"끝이 난 것 같다. 몬스터가 안정을 되찾았다. 도어를 찾는 몬스터가 더는 보이지 않는군."

루카라스의 말을 듣고서야 비로소 범람이 끝이 난 것을 깨달았다.

"정말 다행입니다. 몬스터 범람이 끝이 나지 않을까 봐 걱정했습니다."

"저번 몬스터 범람보다 훨씬 짧은 기간에 몬스터 웨이브가 끝이 났다. 아마 11명의 제자 전부가 봉인이 풀리지는 않았기 때문일 것이다. 하지만 언제 다시 몬스터 웨이브가 시작될지 모른다."

희망을 짓밟는 그의 말이다. 다시 몬스터 범람이 일어난다? 인류가 멸망할지도 모른다는 생각이 들었다.

"언제든지 수련생들이 준비가 되면 다시 들여보내라. 못다한 수련을 마무리 지어주고 싶다."

수련생들에게 정이 쌓였는지 수련생을 보고 싶어 하는 루카라스였다.

하지만 지금 당장 수련생들을 루카라스에게 보낼 수는 없었다. 아직 넘어온 몬스터들이 도처에 깔려 있는 상황에서 그들의 도움이 필요했다.

나는 그와의 짧은 대화를 마치고 마을로 돌아와 기쁜 소식을 각성자들에게 알렸다.

운동장에 한데 모인 각성자들에게 소리쳤다.

"이제 몬스터 범람이 끝이 났습니다. 더는 도어를 통해 몬스터가 넘어오지 않을 겁니다."

다시 몬스터 범람이 일어날 수 있다는 말은 아꼈다. 그들에게 허탈감을 느끼게 하고 싶지는 않았다.

"우와와아아아아!!"

힘찬 함성이 울려 퍼졌고 그들은 서로를 부둥켜안고 눈물을 보였다.

헌터인 그들이었지만 2주간의 시간은 그들에게 지옥을 경험하게 하였다.

"하지만 아직 몬스터들이 많이 남아 있습니다. 사냥을 게을리해서는 안 됩니다."

긴장감이 완전히 풀리게 되면 실수가 벌어진다. 작은 실수가 목숨을 앗아가기 충분했고 그들의 긴장의 끈을 조여주어야 한다.

여전히 환호성을 지르는 각성자들을 두고 막사 안으로 들어왔다. 3기 수련생 대부분이 나를 따라 막사 안으로 들어왔고 그들의 표정은 언제보다 밝아 보였다.

"이제야 끝이 났네. 진짜 이제는 몬스터라면 징그럽다."

"그러게요. 사장님, 정말 제가 살아 있는 게 신기합니다."

사장과 수련생들은 막사에 마련된 의자에 앉으며 사담을 나누고 있었다.

"방금 전에도 말했듯이 아직 전국 곳곳에 몬스터들이 깔려 있습니다. 절대 방심하면 안 됩니다."

"우리도 알고 있어. 그래도 오늘만큼은 좀 웃어보자. 근래 웃어본 기억이 언제인지 생각도 안 난다, 교관님아."

"사장님. 앞으로의 일을 생각해야 할 때가 온 것 같습니다."

"앞으로의 일? 우리야 장벽만 보호하면 되는 거 아니야?"

"전국에 들끓는 몬스터들을 그대로 지켜볼 수는 없지 않습니까."

"그거야 헌터 협회에서 알아서 할 일이지. 그들의 일까지 우리가 대신 해줄 필요는 없지 않아?"

"그런데 헌터 협회가 아직 제구실을 할 정도로 유지되고 있을지 의문입니다?"

정기람의 질문은 날카로웠다. 2주 동안 헌터 협회의 연락을 한 차례도 받지 못했다.

연락을 할 방법도 없었겠지만 그래도 아무 소식이 없는 헌터 협회의 사정이 궁금하긴 했다.

"어차피 헌터들은 몬스터를 사냥하는 사람이지 않습니까. 몬스터 월드에서 사냥을 하는 것을 주변을 사냥하는 것으로 변한 것뿐입니다."

이미 사냥에 지친 각성자들에게 마구잡이로 사냥을 시킬 생각은 없었다. 조금씩 영역을 넓혀 나갈 생각이었다.

"그건 그렇지. 그러면 사냥조를 따로 구성하는 건가?"

"그렇습니다. 사장님이 가장 경험이 많으시니까 사냥조를 맡아주세요."

"알겠어. 그러면 인원은 얼마나 생각하고 있는 거야?"

"200명이면 안전하게 사냥을 할 수 있지 않을까 생각합니다. 대규모의 몬스터를 만나면 바로 도망을 치세요."

"그런 건 내 전문이니까 걱정하지 말고."

사냥에 내가 따라 나갈 생각이긴 했지만 모든 사냥에 함께할 수는 없다.

그때가 되면 사장을 믿는 수밖에 없었다.

"오늘은 조금 쉬세요. 제가 정찰을 돌겠습니다."

피로가 쌓일 대로 쌓여 있는 그들은 휴식을 필요로 했다.

지금은 이자벨과 나만으로도 충분히 장벽을 방어할 수 있기에 그들에게 꿀맛 같은 휴식을 선물했다.

"다른 각성자들도 오늘 하루는 푹 쉬라고 전해주세요."

3기 수련생들은 한 부대의 지휘관이기도 했다.

가장 믿을 수 있는 사람들이었기에 그들을 조의 책임자로 선정했고 그들은 나의 믿음에 부응했다.

수련을 마친 그들은 B급 이상의 헌터들이기도 했기에 다른 각성자들이 불만을 일으킬 일도 없었다.

피로에 지친 그들을 숙소로 돌려보내고는 방벽을 정찰하기 위해 몸을 일으켰다.

＊　　＊　　＊

화산이 뿜어내는 열기에 달궈진 공기 안에 수백 명의 사내가 한 존재에게 고개를 숙이고 있다. 그들의 얼굴에는 이별의 아쉬움은 크게 느껴지지 않았다.

"그러면 저희들은 이만 돌아가 보겠습니다."

인사를 받고 있는 존재만이 아쉬움이 가득한 표정으로 그들을 바라보고 있었다.

그는 손에 들린 몽둥이만 어루만질 뿐 다른 말을 하지 못하고 있었다.

255명의 사람들은 동시에 고개를 숙여 감사의 인사를 전하고는 몬스터 도어를 통해 도쿄로 넘어갔다.

"다들 수고가 많으셨습니다."

4, 5기 수련생인 그들을 기다리고 있던 2기 수련생들이 도어 앞에서 그들을 기다리고 있었다.

"일본의 상황도 좋지 않다고 하셨는데 이렇게 마중을 다 나오시고 감사합니다."

4기 수련생의 대표가 일본 헌터들로 구성되어 있는 2기 수련생에게 감사의 마음을 담아 말했다.

"그래도 이전보다는 많이 좋아졌습니다."

몬스터 범람으로 인해 일본의 피해는 극심하긴 했지만 그래도 힘겹게 막아낼 수는 있었다.

2기 수련생들이 중심이 되어 헌터 협회를 이끌었기 때문에 가능한 일이었다.

아직도 많은 수의 몬스터들이 일본 도처에서 모습을 드러 냈지만 그래도 희망이 생겼다.

도어에서 더는 몬스터들이 튀어나오지 않았고 몬스터의 수는 점점 줄어들고 있었기 때문이다.

"한국으로 출발하는 배를 준비해 놓았습니다. 바로 이동하 시죠."

4, 5기 수련생들은 오사카까지 도보로 이동해야 한다.

255명의 사람이 동시에 탈 차를 구하지도 못할뿐더러 이미 도로는 제구실을 못 하고 있었기 때문에 유일한 이동 수단은 발을 움직이는 것밖에 없었다.

4기 수련생들은 한국인으로 구성되어 있기에 한국말을 따로 공부할 필요는 없었지만 마교인들로 구성되어 있는 5기 수련생들은 앞으로 자신들이 한국에서 살아가야 하기 때문에 4기 수련생들에게 한국말을 틈틈이 배웠다.

능숙하지는 못하지만 그래도 몸짓을 섞으면 대화가 가능 할 정도는 되었다.

그들은 배가 준비되어 있는 오사카로 움직이기 시작했다.

이동 진형은 마교인들 안에서 4기 수련생들이 보호받는 진 형처럼 보였다.

먼저 수련을 시작한 4기 수련생들이긴 하지만 실력은 5기 수련생들이 더욱 뛰어난 것이 사실이었다. 일반 각성자와 다르게 각성을 하기 전부터 육체 단련을 해왔던 마교인들이었기 때문에 어쩔 수 없는 결과였다.

도쿄에서 오사카까지 가는 동안에도 수백 마리의 몬스터를 만났고 그들은 손쉽게 몬스터들을 도륙했다.

그들에 대한 소문은 일본 전역으로 퍼져 나가기 시작했다.

단지 도쿄에서 오사카까지 이동하며 몬스터를 사냥한 것뿐이었지만 일본 사람들 눈에는 그들이 마치 자신들을 구원해 주기 위해 다른 세상에서 튀어나온 존재들로 보였을 것이다.

이제 그들의 모습이 보이면 일본 사람들은 환호성을 지르며 그들을 환영했다.

그들이 지나간 자리에는 몬스터의 시체만이 남아 있었고 그들은 충분히 환호성을 받을 자격이 있었다.

"드디어 오사카에 도착했군요."

"그동안 감사했습니다. 한국으로 돌아가서도 계속 연락을 드리겠습니다."

"조심히 가세요. 한국이 오히려 일본보다 더 상황이 안 좋다는 정보가 있습니다. 스승님이 있는 곳을 제외하고는 지금 한국 전역이 지옥이라고 합니다."

"알겠습니다. 그럼 건승을 빌겠습니다."

수련생들 간의 인사가 끝이 나고 4, 5기 수련생들은 한국으로 출발하는 배에 올라탔다.

그들의 얼굴은 밝았고 어서 빨리 한국으로 들어가고 싶은 마음이 가득해 보였다.

"부산에 도착했습니다."

지루한 배 생활이 끝이 났다.

배에서 가장 먼저 내리는 이는 마교의 촉망받는 후기지수였으며 비무 대회에서 추용택에게 수없이 맞았던 마교인이었다.

그는 마교의 가장 유력한 후계자 후보였지만 세력이 약했다. 개인의 무공은 후계자 후보 중 가장 강하였지만 정치력에 밀려 사냥개와 같은 역할을 해야만 했고 마교에 대한 회의감을 느끼고 있었다.

그는 한국으로 넘어오며 이름을 버리고 새로운 이름을 만들었다.

추수. 그가 새로 만든 이름이다.

추용택을 따르는 사람이라는 뜻으로 만든 이름이었고 그는 자신의 새로운 이름이 마음에 들었다.

한국으로 넘어 온 마교인들은 그런 그를 따르던 사람이 대부분이었고 그들도 모두 이름을 버렸다. 추수처럼 이름을 만들지도 않았다. 자신들을 번호로 불러주길 바랐다. 그들 옷에는 자신을 뜻하는 번호가 붙여져 있었다.

그들 모두 추용택의 전사가 되고자 했다. 자신이 모시던 사람이 그의 밑으로 들어갔기에 자신들의 충성을 추용택에게 바치고자 했기 때문이다.

추수는 그런 그들의 모습을 볼 때마다 고마운 마음이 들었다.

"진형 유지. 대구로 이동."

능숙하지 않은 한국어로 짧게 말하는 그였지만 여기에 있는 사람 모두 그가 무슨 말을 하려는지 알아들었다.

부산항에 도착한 그들은 이전보다 더 황폐해진 부산의 모습에 적응이 되지 않았다.

분명 일본으로 출발할 때만 해도 부산항의 모습은 부서지긴 했어도 모습을 유지하고는 있었다. 하지만 지금은 부서진 고철덩어리와도 같은 모습이었다.

"상황이 생각보다 좋지 않은 것 같습니다. 이 정도로 황폐해져 있을 거라고는 생각도 하지 못했습니다."

"모두 진정. 전진."

그의 말에 모두 웅성거림을 멈추고 발을 움직이기 시작했다.

마교인들이야 자신이 이전부터 모시던 사람의 명령에 따르는 것이 당연했지만 4기 수련생들조차 그를 믿고 의지하고 있었다.

지옥 같은 수련에서 그가 자신들에게 많은 도움을 주었기 때문이다.

부산항에 내린 지 얼마 되지도 않아 시끄러운 소리가 들려왔다.

"멈춰. 전투, 회피."

그의 말은 시끄러운 소리를 내고 있는 몬스터와 싸울 것인지 돌아서 길을 갈 건지 결정하라는 뜻이었고 그의 말을 알아들은 수련생들은 손가락 하나를 들어 보였다.

그들은 전자, 즉 전투를 원하고 있었다.

도쿄에서 오사카까지 내려오면서 이미 수많은 전투를 경험한 그들이었기에 자신감이 충만했다. 이전보다 더욱 강해진 자신들의 기운을 숨기고 싶지 않은 것이었다.

"전투. 이동."

그는 수련생들을 대표 하고 있기는 했지만 독자적으로 생각하고 움직이지는 않았다.

최대한 다른 수련생들의 의견을 반영해서 움직였다.

그랬기에 모든 수련생이 그를 따르는 것일지도 몰랐다.

추수를 선두로 수련생들은 소리가 나는 방향으로 조심스

레 움직이기 시작했다.

255명의 인원이 움직인다고는 생각되지 않을 정도로 조용했다.

그들이 도착한 그곳은 지옥의 모습이었다.

숨어 있던 사람들을 몬스터들이 찾아내어 뜯어 먹고 있었다.

사람들은 우악스러운 몬스터의 손길을 피해 도망 다니고 있었지만 그들은 느렸고 몬스터의 손은 빨랐다.

"열 개의 조. 전투 개시."

255명은 10개의 조로 이미 편성을 마쳤다. 일본에서의 전투에서 조를 나누어 움직이는 것이 더욱 효과적이라는 것을 배웠기 때문에 추수의 말에 각 조로 나뉘었다.

그리고 자신들의 조원들이 모여들자 조를 지휘하는 조장들은 몬스터에게 달려들기 시작했다. 한 조에 25명이 구성되어 있었고 그들은 몬스터들을 도륙하기 시작했다.

지금 모습을 보이고 있는 몬스터의 수는 100마리 정도.

자신들보다 많은 숫자의 일반 몬스터라고 할지라도 어렵지 않게 이길 수 있는 그들이었고 지금은 일방적인 학살이 자행되었다.

한 마리의 몬스터에 5명이 넘는 수련생들이 붙었다. 그들의 호흡은 이미 완벽했다.

한 명이 몬스터의 시선을 끌고 다른 사람은 다리를 묶고 후방과 측면을 공격해 들어가는 작전에 몬스터들은 속수무책으로 목을 내어주어야 했다.

그리고 가장 많은 수의 몬스터를 도륙하고 있는 것은 역시 1조였다.

추수가 조장으로 있는 1조는 빠른 속도로 몬스터를 도륙내었다.

추수의 움직임은 발군이었다. 몬스터보다 더욱 몬스터 같은 그의 움직임에 몬스터들은 자신이 어떻게 당했는지도 모르게 목숨을 빼앗겼다.

100여 마리의 몬스터가 모두 바닥에 쓰러지기까지 걸린 시간은 단 20분.

이것도 전력을 다하지 않았기에 걸린 시간이었다.

"우와와아아아. 몬스터가 죽었다."

몬스터의 손을 피해 돌벽 속에 숨어 있던 사람들이 소리를 질렀다.

그들에게는 수련생들이 생명의 은인이고 정부가 하지 못한 일을 해준 사람들이었다.

"마정석 일부 회수."

수십 번의 전투에서 그들은 한 명당 3개 이상의 마정석을 가지고 있었다.

모든 마정석을 회수할 시간이 없긴 했지만 휴식시간을 쪼개어 마정석을 회수하였다.

그리고 마정석을 미처 꺼내지 못한 몬스터들은 일반 시민들의 칼에 가슴이 벌어져야 했다.

일확천금을 가질 기회를 놓치고 싶어 하는 사람은 없을 것이다.

돌벽 속에 숨어 있던 사람들은 수련생들이 일부의 마정석만 회수하고 떠나자 너나 할 것 없이 날카로운 돌덩어리를 들고 나와 몬스터의 가슴을 갈랐다.

마정석을 차지하기 위해 서로에게 주먹을 날리기도 했다.

몬스터와의 전투가 끝이 나자 사람들 간의 2차전이 시작된 것이다.

"정말 지옥의 모습입니다."

그런 사람들을 멀리서 지켜보던 4기 수련생 중 한 명이 말했다.

"시간. 이동."

시간이 없으니 도울 생각은 하지 말라는 추수의 말이었다.

몬스터를 사냥한 것만으로도 그들은 할 수 있는 최선을 다한 것이나 다름이 없었다.

그들은 지옥에 빠져 살고 있는 사람들에게 보내던 동정의 눈빛을 접고 다시 대구를 향해 움직였다.

부산과 대구를 가장 빨리 갈 수 있는 방법은 신대구 고속도로를 이용하는 방법이다. 그렇기에 그들은 양산으로 움직이기 시작했다. 양산 근처에 있는 대동 분기점을 통해 대구로 이동하는 방법이 최적의 루트다.

부산항에서 대동 분기점까지의 거리는 25㎞였고 대동 분기점에서 하루를 보낼 생각을 하고 있는 그들이었다.

대동 분기점으로 이동하는 동안에만 벌써 네 번의 전투가 벌어졌다.

하지만 100을 넘지 않는 몬스터들이 무리를 짓고 다녔기에 아무도 다치는 사람이 없이 몬스터를 사냥할 수 있었다.

"대동 분기점에 도착했습니다. 이곳에 숙소를 잡으면 될 것 같습니다."

숙소라고 해봐야 돌무더기들을 치우고 벽을 쌓아 하룻밤 지낼 장소를 만드는 것에 불과했지만 그들은 몸을 누울 장소만 있으면 충분했다.

집에서 자본 기억이 나지도 않는 그들이었다. 그라니안과 지내면서 천장이 있는 곳에서 자본 적이 없었다. 매일 아픈 몸을 이끌고 평평한 바닥을 찾아 잠을 잤던 그들에게 고통을 느끼지 않고 몸을 눕는다는 것만으로도 행복한 일이었다.

"1조. 불침번."

항상 모든 불침번은 1조가 먼저 시작한다. 추수는 힘든 일을 다른 수련생에게 미루지 않았다. 그를 대신해 불침번을 서겠다는 조들이 많았지만 그들의 호의를 받아들이지 않고 가장 먼저 불침번을 서는 그였다.

용암의 기운을 받아들인 그들이었기에 몸에 열기가 가득했고 밤과 이슬이 주는 냉기는 그들에게 추위를 선물하지 못했다.

"81㎞. 하루에 20㎞씩 4일이면 충분하다."

불침번을 서며 계획을 세우고 있는 추수는 대구로 이동하는 경로를 생각하고 있었다.

자동차를 타고 가면 1시간도 걸리지 않는 거리였지만 걸어서 가야 하는 길이었고 곳곳에 몬스터가 기다리고 있었기에 4일이 걸릴 거라고 예상하는 그였다.

그는 불침번을 서는 시간이 끝난 뒤 해가 뜨기 전까지 이동 경로에 대한 생각을 하였다.

"이동. 삼랑진 나들목."

추수는 부산항에서 지도를 구해 정확한 지명을 외워가며 효율적인 이동 계획을 세웠다.

오늘의 이동 목표는 삼랑진 나들목이었다. 아스팔트의 딱딱한 촉감을 밟으며 그들은 걸었다. 마냥 걷는 것은 지겹게 마련이다. 몬스터라도 나타났으면 좋겠다고 생각하는 사람들도 있었는데 그들의 생각을 읽었는지 근방에서 전투 소리가 나기 시작했다.

이번에도 추수의 질문에 모든 수련생들이 손가락 한 개를 들어 보였고 255명은 전투가 벌어지고 있는 곳으로 이동했다.

"헌터들과 몬스터 간의 전투가 벌어지고 있는 것 같습니다. 일반 사람들의 모습은 보이지 않습니다."

처음으로 한국에서 헌터들의 모습을 만나게 되었다.

30명의 헌터가 70마리 정도 되어 보이는 몬스터와 힘든 전투를 벌이고 있었다.

통일된 옷을 입고 있는 것으로 보아 조직에 소속되어 있는 헌터들로 보였다.

"열 개의 조. 전투 개시."

추수의 말을 기다렸던 수련생들은 이미 자신의 조를 찾아들어 갔고 누가 먼저랄 것도 없이 몬스터들을 향해 달려갔다.

힘든 전투를 하고 있던 헌터들은 갑자기 많은 수의 사람이 자신들을 향해 달려오자 안도의 한숨을 쉬었다.

"어디 소속이십니까? 저희는 부산 헌터 협회 소속 헌터들입니다."

"일단 전투를 끝내고 대화를 하시지요."

행군의 지루함을 견디지 못하고 있었던 수련생들이었기에 대화보다는 전투를 하고 싶어 했다. 그래서 그들은 부산 헌터 협회 사람들을 말을 싹둑 잘라먹고 곧장 몬스터에게 달라붙어 사냥을 하기 시작했다.

수련생들은 몬스터의 수가 너무 아쉬웠다. 70마리의 몬스터만으로는 만족스럽지 못했다. 몸을 풀기도 전에 이미 전투는 끝이 나버렸다.

이미 죽어 있는 몬스터의 머리를 괜스레 발로 차는 수련생의 모습도 찾아볼 수 있었다.

"감사합니다. 저희는 부산 헌터 협회 소속 헌터들입니다. 다시 한 번 도움에 감사드립니다."

추수는 뒤로 한 걸음 물러났다. 한국말에 서툰 그였기에 그를 대신해 4기 수련생의 대표가 그의 자리를 채웠다.

"저희는 대구로 이동하고 있는 길입니다. 소속은 추용택 수련관 소속입니다."

자신들은 수련생이었고 추용택이 자신들의 스승이었기에 추용택 수련관의 소속이라는 말은 틀리지는 않았다. 급조해 생각해 낸 대답이었지만 그는 자신이 한 말을 만족스럽게 느꼈다.

"대구 지역을 담당하고 있는 추용택 님 말씀이십니까?"

"그렇습니다. 혹시 대구 지역에 관한 정보를 알고 계신 게 있으신가요?"

"유일하게 한국에서 안전한 지역이 대구라는 것을 알고 있습니다."

부산 헌터 협회 헌터들은 많은 정보를 알고 있지 못했고 수련생들의 궁금증을 해소시켜 주지 못했다. 부산 헌터들은 거점 확보를 목표로 움직이고 있다고 했다.

그들이 왜 그런 목표를 가지고 움직이고 있는지는 딱히 궁금하지 않았기에 수련생들은 자신들을 붙잡는 부산 지역 헌터들을 두고 다시금 대구로 이동하기 위해 움직였다.

*　　*　　*

그들은 3일이 걸려 수성 나들목까지 도착할 수 있었다.

이제 하루만 더 걸으면 자신들을 기다리고 있는 교관이 있는 곳으로 도착할 수 있기에 전보다 빠른 걸음으로 이동했다.

"정지."

추수가 모든 인원을 멈추어 세웠다. 이전에도 많은 전투가 벌어졌지만 지금과 같은 소리를 내는 경우는 없었다.

얼마나 많은 인원이 전투를 벌이고 있는지 파악도 되지 않을 정도였다.

이번에도 다른 수련생들은 손가락 하나를 펴 보였지만 추수는 쉽게 결정할 수 없었다.

그러나 동료 수련생들의 눈빛에 그는 전투가 펼쳐지고 있는 곳으로 이동하기로 결정을 내렸다.

그도 마음 한편에는 전투에 대한 갈망이 있었기 때문이다.

"조심. 3개의 조."

10개의 조가 3개의 조로 합쳐졌다.

나들목 옆 휴게소에서 큰 전투가 벌어지고 있었다. 최소 300은 넘어 보이는 몬스터와 각성자들간의 전투. 하지만 일반 시민들도 그곳에 있었고 그들은 전투의 방해물이었다.

헌터들은 몬스터에 집중을 하지 못하고 사람들의 비명 소리가 들리는 곳으로 몸을 움직였다.

각성자의 수는 많아봐야 50명 남짓. 그들이 300이 넘는 몬스터들에게서 살아남을 것 같지는 않았다. 하지만 수련생들이 도착하면서부터 얘기는 달라지기 시작했다.

세 개의 물결이 일어났고 그 물결을 따라 몬스터들이 갈라졌다.

추수가 있는 1조가 가장 깊숙이 적진으로 침투해 들어갔다.

사방이 몬스터에 둘러싸여 버렸지만 그들은 오히려 신나 날뛰었다.

1인당 1마리의 몬스터를 상대하는 것이 오랜만이었다.

물론 동료들과 합격을 해서 상대하기는 했지만 그래도 이전의 전투에 비하면 오랜 시간 학살을 벌일 수 있다.

그들은 흡사 악귀의 모습으로 변해 선량한 몬스터들을 학살하였다.

오크의 왼발이 악귀의 칼에 잘려 나갔고 균형을 잃은 오크를 향해 여러 개의 손이 달려들어 오크의 몸을 찢어발겼다.

오우거도 오크와 다르지 않은 상황이었다. 큰 덩치를 가지고 있기에 더 많은 악귀가 오우거에게 달라붙었고 오우거는 악귀에게 살이 뜯겨 나가 구슬픈 울음소리만 내며 숨을 거두었다. 숨을 거둔 오우거를 두고 악귀들은 다시 움직였다. 아직 먹잇감들은 많이 남아 있었고 그들의 얼굴에는 미소가 어려 있었다.

악귀들이 멈추어 섰다. 주위를 아무리 두리번거려도 살아 움직이는 몬스터의 모습이 보이지 않았다.

"부상. 보고."

"2조 사망 인원 없습니다. 단순 부상 5명입니다."

"3조도 사망 인원은 없습니다. 단순 부상 3명입니다."

3조 조장이 2조 조장을 보고 씨익 웃었다. 부상을 입은 조원이 자신의 조가 더 적었기 때문이다. 2조 조장은 애써 무시하려고 했지만 그의 얼굴에는 짜증이 느껴졌다.

"감사합니다. 정말 죽을 뻔했습니다."

수련생들이 도와주지 않았다면 그들이 몬스터를 대신해 바닥을 장식하고 있었을 것이다.

"어디서 오신 분들이십니까? 혹시 장벽 안에서 나온 분들입니까?"

"어떤 장벽을 말씀하시는 겁니까?"

"대구 지역을 감싸고 있는 장벽 안에서 오신 분들이 아니십니까? 대구 자치장인 추용택 님의 휘하에 있는 분들이 아니신가요?"

"맞습니다. 저희는 추용택 님의 휘하에 있는 사람들입니다."

"그러실 거라고 생각했습니다. 지금 한국에서 몬스터 소탕을 하는 조직은 장벽 안 사람들이 유일하니까요. 혹시 장벽으로 들어가시는 길이면 저희도 같이 이동할 수 있을 까요? 저희는 부산에서부터 장벽 안으로 들어가기 위해 이동하고 있는 중입니다."

그들은 생존을 위해 자신들의 가족을 데리고 대구로 이동하고 있는 중이었다.

헌터들이 일반 사람들을 보호하며 싸우지는 않았다. 가족들이었기에 일반인과 헌터들로 구성된 조직이 같이 움직이고 있었던 것이다.

자신에게 결정권이 없는 4조 대표는 추수를 바라보았고 그의 고개가 끄덕여지자 자신의 대답을 기다리고 있는 사람에게 미소를 보였다.

"같이 이동하시죠."

그의 입에서 긍정의 대답이 나오자 50명의 헌터와 그의 가족들이 안도의 한숨을 내쉬었다.

자신들만으로는 몬스터 숲을 뚫고 장벽까지 갈 자신이 없었는데 다행히 지금 튼튼한 동아줄을 붙잡았다고 생각했기 때문이다.

"전투 준비. 한 개의 조."

추수가 갑자기 무기를 꺼내 들고 우측을 바라보았다.

모든 인원이 한 개의 조로 구성된 적은 거의 없었다. 도쿄에서 오사카까지 이동할 때에도 두 개의 조가 구성된 적은 있었지만 지금처럼 한 개의 조 즉 모든 인원이 뭉쳐 있어야 할 상황은 처음이었다.

"무슨 일입니까?"

"우측. 몬스터 수천."

가장 강한 기운을 가지고 있는 추수였기에 남들보다 먼저 몬스터의 이동을 감지했고 다른 수련생들도 얼마 지나지 않아 엄청난 숫자의 몬스터를 감지할 수 있었다.

"오늘 제대로 몸 풀겠네요."

수천 마리의 몬스터가 단지 몸풀기용이 될 수는 없다.

모든 수련생이 장벽으로 진입도 하기 전에 여기서 목숨을 잃을 수도 있을 정도의 몬스터였다. 하지만 그들은 웃음을 잃지 않으려고 노력했다.

　지옥에서의 훈련이 그들의 정신력까지 강하게 만들어주었다.

　"쐐기형. 돌파."

　수천 마리의 몬스터를 상대로 맞서 싸울 수는 없다. 우측을 시작으로 사방에서 몬스터들이 몰려들기 시작했다. 어디서 이런 수의 몬스터가 나왔는지는 알 수 없었지만 지금은 한 가지 방법밖에는 없다.

　촘촘한 그물망을 뚫고 지나가는 바늘이 되어야 한다. 희생이 생길 수밖에 없는 작전이지만 지금은 다른 방법은 없었다.

　자연스레 추수를 중심으로 쐐기형 진형이 만들어졌다. 그들의 중심에는 일반 사람들이 자리를 잡았다. 그들을 데리고 이동하면 전진 속도가 늦어질 게 분명했지만 그렇다고 해서 눈앞에서 그들을 버리고 이동할 수는 없었다.

　"전진."

　추수의 외침과 동시에 모든 사람들이 대구 방향으로 달려가기 시작했다.

　자신의 옆을 지키는 동료들과 속도를 맞혀 달렸고 얼마 지나지 않아 몬스터의 벽에 가로막히기 시작했다.

　"여기서 죽을 수는 없어. 내가 왜 그런 수련을 참고 견뎠는데!"

여기저기서 악다구니 가득한 외침이 질러졌다.

몬스터를 베고 넘겨도 또 다른 몬스터가 앞을 가로막고 있다.

그래도 조금씩 앞으로 나아가고 있긴 했다.

가장 선두에 선 추수는 악귀의 모습으로 변했다. 괴물에서 악귀로 변한 그는 강했다. 마기에 잠식되어 본능적으로 움직이던 움직임이 이제 절제력을 갖추었다. 움직임을 최소화하고 몬스터의 급소만을 노렸다. 한 번의 움직임에 한 마리의 몬스터가 치명상을 입었지만 앞을 가로막고 있는 몬스터의 수가 줄어들지 않고 있었다. 추수는 망망대해에 떨어진 느낌을 받았다. 아무리 수영을 하고 앞으로 전진해도 물 밖을 빠져나갈 수 없는 망망대해. 지금은 물 대신 몬스터가 자리 잡고 있다는 것만 제외하면 그들은 망망대해 빠져 표류하고 있는 것과 다르지 않았다.

앞서 싸우던 수련생이 다치면 새로운 수련생이 그 자리를 대신했다. 부상을 입은 수련생들은 최대한 빠르게 몸을 회복시켜야 한다. 점점 회전율이 높아지고 있다. 이제는 작은 부상을 입었더라도 전투에 참여해야 했다. 더 심각한 부상을 입은 수련생들이 부기지수였다.

해가 떨어지고 있다. 생과 사를 다투는 전투는 해가 떨어진다고 해서 끝나지 않았다.

앞도 제대로 보이지 않을 정도로 어둠이 찾아왔지만 그들은 본능에 이끌려 몬스터의 급소를 공격했다.

공격 일변도. 방어를 할 정신도 없었다. 옆을 지키는 수련생들을 믿었기에 가능했다.

몸에 피를 흘리지 않는 사람은 아무도 없었다. 피와 땀이 버무려져 옷은 몸에 달라붙었고 근육은 과도하게 사용되어 파열되기 직전의 상황이었다.

그들은 점점 지쳐 갔다. 사실 지금까지 전투를 이어온 것만으로도 기적 같은 일이었다.

그라니안의 독한 수련이 그들은 견디게 해주었다.

하지만 이제는 한계가 찾아왔다.

이미 신체의 일부를 잃은 수련생도 여럿이었다. 한 팔을 잃어도 다른 한 팔로 전투를 벌이고 있는 그들이다.

짐이 되고 싶지 않았기에 대충 옷으로 상처를 틀어막고 전투를 지속하고 있다.

앞으로 전진하는 속도가 급속도로 느려지다가 이제는 아예 전진을 하지 못하고 있다.

제자리에 서서 몬스터들과 싸울 뿐이었다.

"난 여기까지가 끝인 것 같아."

"그런 말 하지 마. 이제 대구가 코앞인데 여기서 끝이라는 게 말이나 되는 소리야?"

눈물을 흘리며 발악하는 동료를 두고 한 명의 수련생이 차가운 바닥에 쓰러졌다.

그를 업으려고 했지만 그는 짐이 되고 싶지 않았다.

자신을 업으려고 하는 동료의 손길을 뿌리쳤다.

하나둘 쓰러지는 수련생의 수가 늘어나기 시작했다.

"으아아아. 다 죽여 버리겠다."

추수의 목소리가 수련생들의 귓가를 때렸다.

그는 이전의 모습으로 돌아갔다. 마기에 잠식되어 있었던 그때처럼 그는 본능에 몸을 맡기고 살육에 미친 괴물로 변했다.

자신의 앞에서 죽어가고 있는 동료들의 모습이 그를 괴물로 만들었다.

진형의 중심을 잡고 있던 그가 몬스터에게 달려들었다.

방어를 포기하고 몬스터에게 검을 찔러 넣는 그였다. 자신보다 훨씬 큰 덩치를 가진 오우거의 팔에 매달려 검을 옆구리에 박아 넣는다. 다른 오우거가 그의 등을 향해 달려들었다.

오우거의 주먹에 당한 추수의 입에서 붉은 피가 뿜어져 나왔다.

하지만 그는 멈추지 않고 다시 몬스터에게 달려들었다. 이마를 타고 흐르는 피가 그의 눈을 가렸다. 앞도 보이지 않는 상태에서도 집요하게 몬스터에게 달려드는 그다.

마지막 불꽃을 태우는 것처럼 그의 움직임은 다시 빨라졌다.

그의 머릿속에는 몬스터에 대한 분노만이 가득했다.

"아직도 버릇을 못 버렸나 보네."

눈이 보이지 않았기에 누구인지 알 수는 없었지만 익숙한 목소리였다.

추수의 움직임이 드디어 멈춰졌다.

"교주님."

"내가 교주 안 한다고 했지. 교관이라고 불러봐."

"교관님."

나는 쓰러지는 그를 안아 들었다. 그가 얼마나 심한 고생을 했는지 충분히 느낄 수 있었다.

4, 5기 수련생들이 온다는 얘기를 듣고 마중을 나온다고 나왔는데 조금 늦어버렸다.

많은 수의 몬스터들과 헌터들 간의 전투가 벌어지고 있는 것을 느꼈었다.

제발 그들이 수련생들이 아니길 빌었지만 내 기도는 통하지 않았다.

이미 많은 수의 수련생들이 힘을 잃고 바닥에 쓰러져 있었다.

감히 몬스터들이 나의 수련생을 건드리다니.

오랜만에 분노가 치밀어 올랐다.

땅의 기운과 바람의 기운을 극성으로 끌어 올려 몬스터를 땅으로 집어넣고 머리를 잘라 버렸다. 수천 마리의 몬스터를 한 번의 공격으로 다 처리할 수는 없었다.

나는 미친 듯이 몬스터를 향해 달려갔고 그들을 학살했다.

바람의 기운이 넘실거렸고 땅이 춤을 췄다.

몬스터들은 기운들이 춤추는 모습을 구경하는 값으로 목숨을 주어야 한다.

수천 마리의 몬스터를 상대로 이 정도의 기운을 쓸 필요는 없었지만 마음이 급했다.

몸속에서 급속도로 기운이 빠져나갔고 허한 기분이 들었다.

하지만 괜찮다. 이제 살아 있는 몬스터는 보이지 않는다.

"교관님. 드디어 저희가 도착했습니다."

"고생했습니다. 정말 고생했습니다. 제가 빨리 왔어야 하는데 늦어버렸습니다."

"아닙니다. 감사합니다, 교관님."

몸에 힘이 풀린 수련생들은 하나둘 바닥에 몸을 뉘었고 나는 마지막 기운을 끌어 올려 그들 주위를 청아한 회복의 기운으로 감싸 안았다.

회복의 물방울과는 비교가 되지 않을 정도로 청아한 기운이다. 물의 기운과 흙의 기운을 조합하면 회복의 기운을 만들 수 있다. 모든 기운이 빠져나갈 때까지 회복의 기운을 만들어 내었다.

나는 한계 이상의 기운을 끌어다가 썼고 내 몸은 버티지 못했다.

그들과 인사를 마저 나누지 못한 채 나는 쓰러졌다.

다시 눈을 뜨자 처음 느낀 것은 익숙한 향기였다.

언제나 달콤한 향기를 내뿜는 카린의 냄새다. 장벽 안으로 돌아온 것인가?

마지막 기억이 나를 괴롭혔다. 바닥에 쓰러져 피를 흘리던 수련생의 모습.

"다른 수련생들 모두 장벽 안으로 들어왔어?"

"3기 수련생들이 추용택 님과 4, 5기 수련생들을 데리고 장벽 안으로 돌아왔습니다."

나는 급히 몸을 일으켜 밖으로 나갔다.

"와아아아아!"

내가 밖을 나가자 환호성 소리가 울렸다.

그곳에는 모든 수련생들이 나를 기다리고 있었다.

나보다 더 피곤할 그들이었지만 모두 깨어나 있었다.

"다들 휴식을 취하셔야지 왜 밖에 나와 있습니까?"

"교관님이 행하신 기적 덕분에 저희 모두 회복을 했습니다."

내가 행한 기적? 그들은 물과 흙의 기운이 만들어낸 회복의 힘을 기적이라고 부르고 있었다.

"기적은 무슨. 수련을 열심히 하시면 사용할 수 있는 겁니다."

최소 세 가지의 기운을 능숙하게 조화시킬 수 있다면 말이다.

"돌아왔습니다."

고개를 숙이는 그들의 모습에 괜히 찡해졌다.

내가 필요로 해서 받아들인 그들이다. 마을을 지키기 위해 내 욕심 때문에 수련생이 된 그들이다. 외팔이 된 수련생도 있었고 다리를 하나 잃은 수련생도 있다. 그리고 목숨을 잃은 수련생도 있을 것이다.

그들에게 미안한 마음이 들었다. 어떤 사죄의 말을 하더라도 그들에게 용서를 받을 수는 없겠지.

"앞으로는 절대 이런 위험에 처하도록 두지 않겠습니다. 약속하겠습니다."

"저희를 무슨 온실 속에 화초로 생각하시는 거 아니십니까? 저희도 헌터입니다. 몬스터와 싸우고 싶어 하는 사람입니다. 이미 헌터가 되기로 마음먹은 순간부터 목숨을 내놓은 사람들이란 말입니다."

내 말에 크게 대답하는 수련생의 말에 다시 가슴이 쩡해졌다.

정말 강해져서 돌아온 그들이다. 이제 그들과 함께 큰 그림을 그리고 싶었다.

그들 모두 대우를 받으며 편안히 살아갈 수 있게 하고 싶었다.

*　　　*　　　*

255명의 수련생 중에서 53명이 이번 전투에서 생을 마감했다.

그들의 시체를 일일이 찾아 묻어주었다. 모든 몬스터의 배를 갈라 완전한 모습으로 땅에 묻히게 했다. 그것이 내가 그들에게 해줄 수 있는 유일한 것이었다.

그들의 가족들을 이미 모두 안전지대에 자리 잡게 했고 보상금도 넉넉히 주었지만 미안한 마음이 가시지 않았다.

하지만 이대로 슬퍼할 수만은 없었다. 남아 있는 사람들에게는 살아갈 이유를 선사해 주어야 한다.

"교관님. 경북 지역 정찰을 마쳤습니다. 정찰 결과 경북 지역에 자리 잡고 있는 대규모 몬스터는 없어 보입니다. 일전의 전투의 영향 때문인지 소규모 몬스터만이 발견되고 있습니다."

하루에 적게는 수십 명, 많게는 수백 명의 사람들이 장벽을 두드렸다.

안전한 지역을 찾아 먼 거리를 이동한 사람들이다. 그들을 내쫓을 수는 없었기에 살 공간을 만들어주었다. 살 공간이라고 해봐야 진흙으로 만든 임시 숙소를 만들어주는 수밖에 없었다. 마을을 건설한 시간은 부족한 반면 유입되는 사람의 수가 너무 많았기 때문이다.

흙의 기운과 물의 기운을 조합하여 만든 흙집을 하루에도 수백 개를 만들 수 있었기에 그들이 살 공간은 해결이 되었다. 하지만 식량이 문제였다. 마을에서만 생산되는 식량만으로는 대구에 살고 있는 모든 사람들의 배를 채울 수는 없었다.

이전처럼 마을만을 신경 쓰며 살고 싶었지만 그럴 수 없었다. 이미 대구를 내 자치권으로 두겠다고 선언한 순간부터 그들을 보호해야 할 의무가 생긴 것이다.

귀찮은 의무지만 그렇다고 해서 모른 척할 수는 없다. 나는 정부가 하는 짓을 따라 하고 싶은 마음은 없다.

"최대한 식량 생산에 박차를 가해주세요."

형식이가 큰 도움을 주었다. 그의 능력은 나이를 먹어가면서 더 빛을 발했다.

농작물의 성장 속도를 비약적으로 상승시키는 능력을 가진 그는 지금의 시대에서 헌터보다 더 우수한 인재였다.

나는 농기구를 얻기 위해 엄청난 양의 마정석을 드워프 마을에 가져다주었고 드워프들은 나의 부탁을 받아 하루 종일 농기구를 찍어내기 시작했다.

하지만 드워프가 아무리 우수한 장인이라고 해도 대구 지역의 모든 사람이 사용할 농기구를 단시간에 만들어낼 수는 없었다.

이가 없으면 잇몸으로라도 씹어야 한다. 각성자들이 사냥 대신 농사일에 투입되었다.

정찰조와 전투조에 포함이 되지 않은 각성자들은 농사일에 집중했다.

일반 사람보다 건장한 육체를 가지고 있는 그들은 열 사람 몫을 했다. 나도 사방을 뛰어다니며 식량을 구하러 다녔지만 쉽지 않았다.

아쉬운 소리를 하기 위해 헌터 협회에 찾아갔다. 그들이라면 충분한 식량을 비축해 두었을 것이다. 몬스터 범람을 막기 위해 움직이기는 하는지 의심스러운 그들이 많은 식량을 비축할 필요는 없다.

"안녕하십니까, 협회장님. 오랜만에 뵙습니다."

그의 얼굴은 밝지 않았다. 몬스터 범람 때문에 그의 입지가 많이 줄어들었다.

여전히 한국에서 가장 강한 권력을 가지고 있는 그였기는 하지만 사방에서 들려오는 비판에 정신을 차리지 못하고 있었다.

"추용택 씨, 오랜만이군요. 대구 지역을 안전하게 지켜주셔서 감사합니다."

비꼬는 듯한 그의 목소리. 대구 지역만 안전하면 끝이냐고 물어보는 듯했다.

자치권을 주기 싫어했던 그가 이런 말을 하면 안 되었다.

나라를 지킬 힘도 없으면서 이득만 취하려고 하는 헌터 협회다.

"아직 몬스터 소탕이 끝나지 않았다는 말은 들었습니다."

"겨우 서울에 있는 몬스터들만 소탕할 수 있었다네. 우리들의 힘만으로는 여기까지가 한계라네."

돌려 말했지만 나에게 도움을 요청하는 것이다. 도와주어야 할까?

그가 말하지 않아도 대구 주변의 몬스터를 소탕할 계획을 가지고 있었다.

하지만 그는 수도권 주변부터 청소하고 싶을 것이다. 자신의 거주지 근처를 청소하고 싶은 게 사람의 마음이니.

그런 그의 부탁을 들어줄 필요는 없다. 헌터 협회도 일을 해야 한다.

녹봉을 받아먹는 사람들은 그 값을 해야 한다.

"대구 근교를 중심으로 몬스터 소탕을 하고 있는지라 직접적으로 도움을 주지는 못하겠네요. 그건 그렇고 왜 마정석 값을 지불하지 않으십니까?"

몬스터 범람이 일어나기 전에 마정석 한 무더기를 헌터 협회로 보내었다.

그 값이 아직 지불받지 못했다. 물론 몬스터 범람이 일어났기에 헌터 협회에서 그 금액을 지불할 방법이 없었을 것이다.

하지만 그것은 그들의 사정이다. 나는 이자까지 더해 받아낼 생각이다.

"자네도 알고 있지 않은가, 상황이 어떤지. 잘 아는 사람이 이런 말을 해서 어떡하자는 건가."

"오늘 받아 가야겠습니다."

"준비할 시간을 주게나."

일단 기선은 잡았다. 이제 본론을 꺼내면 된다.

"돈이 안 되면 식량으로 받아 가겠습니다. 식량 창고가 어디입니까? 정확히 마정석 값만큼만 챙겨 가겠습니다."

그의 대답을 기다리지도 않고 바로 식량 창고로 이동했다. 이미 헌터 협회에 들어서기 전에 식량 창고의 위치를 알아내 었기에 발걸음에 거침이 없었다.

그는 다급하게 나를 쫓아왔지만 나는 뒤도 돌아보지 않고 식량 창고로 이동했고 강제로 문을 열어 가능한 많은 양의 식량을 들고 마을로 이동했다.

바람의 기운의 도움을 받았고 텔레포트를 사용했기에 창고 절반 분량의 식량을 가지고 마을로 돌아올 수 있었다. 이렇게 많은 양의 물건을 가지고 텔레포트를 시도해 본 적은 없었지만 그래도 드래곤이 만든 아이템답게 무리 없이 마을로 돌아올 수 있었다.

사람을 데리고 텔레포트를 하는 것은 불가능했지만 물건은 양에 상관없이 이동이 가능한 듯했다.

한순간에 나에게 식량을 털린 협회장은 억울한 심정이겠지만 정당한 값을 지불하기도 했고 이 식량 창고 말고도 여러 개의 식량 창고가 있는 것을 확인했기에 크게 신경 쓰지는 않았다.

지금의 식량은 임시방편에 불과했다.

며칠 안에 내가 구해 온 식량이 떨어질 것이다. 방법을 찾아야 한다.

그때 생각 하나가 떠올랐다.

만약 몬스터의 독성을 없앤다면 먹을 수 있지 않을까?

물론 인간형 몬스터를 먹을 생각은 없었다. 사람들이 쉽게 인간형 몬스터를 식량으로 받아들일 거라는 기대조차 하지 않았다. 하지만 일전에 잡았던 대왕 오징어 같은 해산물(?)이라면 큰 거리낌 없이 받아들일 것 같았다. 그런 대왕 오징어 몇 마리만 잡아 온다고 해도 사람들의 굶주림을 어느 정도 해결할 수 있을 것 같았다. 문제는 마정석에 오염된 몬스터의 독성을 중화시키는 방법을 모른다는 것이었다.

나는 이전에 대왕 오징어를 잡은 몬스터 월드로 텔레포트를 하고는 대왕 오징어를 찾아다녔고 대왕 오징어는 아니지만 낙지 비슷한 해양 몬스터를 잡아 왔다.

나는 식품학 또는 약학을 전공한 사람들은 광장으로 모이라는 지시를 내렸고 하루가 지나지 않아 많은 사람이 광장으로 모였다. 그들은 광장 중간에 걸려 있는 거대 낙지와 마주 보게 되었다.

"이것은 해양 몬스터입니다. 독성만 없으면 충분히 좋은 식량이 될 수 있습니다. 독성을 중화시킬 방법을 찾아주세요."

팀이 꾸려졌다. 팀이라고 하기에는 많은 숫자였지만 그들의 목표는 하나였다.

몬스터를 통한 식량 확보.

갖은 실험이 이루어졌고 나는 실험체를 조달하기 위해 매일 바닷속 몬스터 월드로 들어가 해양 몬스터들을 잡아 왔다.

그리고 그들의 노력은 헛되지 않게 되었다. 독성을 중화시킬 방법을 일주일도 되지 않아 찾아낸 것이다.

방법은 생각보다 간단했다. 몬스터의 몸에서 마정석을 분리하면 그 순간부터 몬스터의 독기는 약해지기 시작한다. 그러고는 끓는 물에 몇 시간을 끓이고 햇빛에 말리고 이 과정을 반복하다 보면 해양 몬스터의 독성이 빠져나가게 된다.

인간이 먹어도 지장이 없을 정도로 독성이 빠져나가는 데 걸리는 시간은 2일.

마른 오징어의 모습을 하고 있는 거대한 몬스터가 방벽에 걸려 있다.

마땅히 오징어를 말릴 장소가 없기 때문에 방벽에 걸어 말리는 것이다.

나는 하루에도 몇십 마리의 해양 몬스터를 잡아서 돌아왔다. 들고 올 수 있는 최대한의 양을 잡아서 돌아오는 것이다.

자급자족이 가능해지기 전까지는 해양 몬스터 사냥을 멈출 수가 없다.

이 대왕 오징어들은 죽으로 만들어서 대구 전역에 설치된 배급소에서 무료로 사람들에게 나누어 주었다. 풍족한 양은 아니지만 그래도 더는 배고픔에 허덕이는 사람은 생겨나지 않았다.

식량에 대한 문제가 일단락되자 본격적으로 경북 지역 몬스터 소탕 작업을 시작했다.

아직도 많은 사람들이 몬스터를 피해 장벽을 두드리고 있다.

인구수가 예전에 비해 확연히 줄어들어 그들 모두가 대구로 들어온다고 해도 남는 공간이 있지만 그렇다고 해서 몬스터를 이대로 둘 수는 없다.

폐쇄된 공간에서 지내면 도태되게 마련이다.

2개의 부대가 구성되었다.

사장을 중심으로 기존 각성자들로 구성된 1조와 추수를 중심으로 마교인들과 4기 수련생들로 구성된 2조.

전투력이 누가 더 뛰어나다고 말할 수는 없었지만 마교인들이 확실히 전투를 더 반기긴 했다. 그들은 태어나면서부터 전투를 할 수밖에 없는 곳에서 자라났고 그들에게 전쟁은 일상이었다.

500명이 넘는 전투 인원을 이끌고 경북 지역을 탐색하기 시작했다.

우리의 모습을 보고 소규모 몬스터들은 도망치기 일쑤였기에 나는 정찰조들을 보내 몬스터들의 위치를 확인하고 포

위하는 형식으로 사냥을 해나갔다.

수백 마리의 몬스터는 순식간에 정리되었다.

내가 나서지 않아도 2개의 부대가 몬스터들을 도륙했다. 그들은 익숙하게 죽은 몬스터의 가슴을 갈라 마정석을 회수했다.

이미 창고가 부족할 정도로 많은 마정석을 모았지만 마정석은 많을수록 좋았기에 한 마리도 빠짐없이 마정석을 추출했다.

"이제 경남 지역으로 내려가야 할 것 같습니다. 경북 지역에서는 몬스터의 모습을 찾아볼 수가 없습니다."

마교의 후기지수답게 머리도 뛰어난 건지 추수는 한국어를 공부한 지 몇 달이 지나지 않아 능숙하게 한국말을 구사했다.

"그래야 될 것 같네요. 그러면 장벽 안으로 들어가 이틀 동안 휴식을 취하고 부산을 향해 내려가도록 하겠습니다."

2주의 시간이 걸려 경북 지역을 깔끔히 청소했다. 이제는 경남과 부산을 청소할 차례였다.

나는 다시 2개의 부대를 이끌고 부산을 향해 내려갔고 우리의 뒤에 많은 사람들이 따라붙었다.

대구로 가라는 말을 듣지 않고 우리의 뒤를 따라다니는 사람들이었다.

그들은 우리가 몬스터를 청소하는 모습을 지켜봤기에 우리에게 자신들의 목숨을 맡겼다.

그런 그들과 함께 부산으로 내려가는 것은 불가능했기에 호위조를 새로 만들어 그들을 호송했다.

하루가 다르게 우리에게 찾아오는 사람들 때문에 5백 명이던 부대는 점점 줄어들었고 부산에 도착했을 때는 절반도 남아 있지 않았다.

이제는 호위조를 구성할 필요가 없다. 부산까지 청소를 끝냈기 때문에 올라갈 일만 남았다.

우리는 부산에서 아주 반가운 손님을 만날 수 있었다.

3백 명인 부대의 뒤에 2천 명이 넘는 사람들이 따라붙었다.

우리는 그들을 호위하며 대구로 이동했고 아주 소규모의 몬스터들만 만날 수 있었다.

대구에 도착하자 반갑지 않은 손님이 나를 기다리고 있었다.

헌터 협회 협회장이 나를 기다리고 있다. 분명 앓는 소리를 할 게 분명했다.

"무슨 일입니까?"

그에게는 인사를 생략해도 된다. 그에게 건네는 인사조차 아까웠다.

"경기도 지역의 몬스터 사냥을 도와달라고 찾아왔다네. 이미 경상도 지역은 청소가 마무리되었다고 들었다네."

"아니, 다른 나라의 헌터 협회는 힘들긴 해도 몬스터 소탕을 알아서 잘했다고 들었는데 유독 우리나라 헌터 협회만 이렇게 능력이 없는 겁니까?"

독설을 내뱉었다. 독설을 들어도 바뀌지 않는다는 것을 알고 있었지만 좋은 말을 하고 싶은 마음은 더더욱 없었기에 차가운 말을 그에게 했다.

"우리의 잘못이 아니네, 우리도 최선을 다하였지만 헌터의 수가 부족하다네."

변명이다. 헌터를 양성하지 않고 제 배만 불리며 시간을 낭비했기 때문이었다.

그가 나라를 위하는 마음을 가지고 있는 것까지 부정하지는 않았지만 그도 어쩔 수 없는 권력자였다. 권력자들은 자리를 지키기 위해 노력한다. 나라나 국민을 위해서 일하는 것이 아니라 자기의 자리를 지키기 위해 일을 한다. 다른 사람을 헌터 협회장으로 앉히고 싶었지만 지금은 그보다 헌터 협회를 잘 알고 있는 사람이 없었기에 그대로 두고 있었다.

만약 그보다 더 헌터 협회를 잘 다스릴 수 있는 사람이 생겨난다면 나는 서슴없이 그를 협회장으로 만들 생각이었다.

"일단은 알겠습니다. 시간이 나는 대로 소탕을 하긴 하겠지만 그렇다고 해서 바로 수도권 지역으로 올라갈 수는 없습니다. 충청도 지역부터 정리를 한 다음 경기도로 올라가겠습니다."

"부탁한다네. 우리가 믿을 사람은 자네밖에 없다네."

그들의 믿음은 필요하지 않았다. 하지만 이대로 한국이 몬스터 소굴이 되는 것을 지켜볼 수 없기에 몬스터 소탕을 하는 것이다.

"그리고 아직 공문을 받지 못했습니다. 대구 지역을 저의 자치권으로 인정한다는 공문을요."

"공문이 필요한가? 이미 대구는 자네의 자치권이라고 다들 알고 있지 않은가."

"그래도 공문을 내려주세요. 나중에 딴말 나오지 않게 하려면 공문이 필요합니다."

몬스터 범람이 끝이 나고 세상이 다시 평화로워진다면 자치권 따위는 어떻게 되어도 상관은 없지만 지금은 아니다. 나의 사람들을 지키기 위해서는 자치권이 필요했다.

"알겠네. 조만간 공문을 내려주겠네."

조만간이 언제가 될지 모르지만 늦어질수록 그의 임기가 짧아질 것이다.

　　　　　*　　　　　*　　　　　*

　경기도로 우리의 전투부대가 출발한 것은 협회장의 방문이 있고 한 달이 지나서였다.

　대통령 직인이 찍힌 공문을 받고 바로 출발했다.

　이미 충청도 지역과 전라남도 지역의 몬스터를 소탕한 이후였고 이제는 강원도와 경기도 지역만 몬스터만 소탕하면 우리나라에서 몬스터의 모습을 찾아보기 힘들 것이다.

　하지만 그렇다고 해서 안심할 수는 없다. 언제 다시 몬스터 범람이 일어날지 몰랐다.

　전투부대를 파견하고 받은 보상은 식량이 전부였다.

　지금 같은 시대에 식량보다 더 좋은 자원은 없긴 했지만 전투부대를 파견한 것치고는 적은 보상이다.

　전국의 몬스터 소탕이 끝이 나자 협회장은 호의의 표시인지 정기적으로 정보를 제공해 주었다. 인터넷이 되지 않는 시대에서 정보를 구하기는 힘들었다. 다른 나라의 정보를 딱히 알고 싶은 생각은 없었지만 시간 때우기 용도로 읽기에 딱 좋았다.

　"중국도 초토화되었군."

　땅덩어리가 넓은 만큼 많은 몬스터 도어가 있고 모든 지역을 커버할 정도로 많은 헌터가 있는 것도 아니었기에 중국의 사정도 한국과 크게 다르지 않았다.

오히려 더 나쁘다고 볼 수도 있었다. 우리는 이미 몬스터 소탕을 끝냈지만 중국은 지금도 한창 몬스터 소탕 작업에 열중이었다.

중국이 나를 치러 한국을 침범할 걱정을 하지 않아도 되었다.

제 코가 석 자인데 나까지 신경 쓸 겨를이 없을 것이다.

그리고 가장 의외인 것은 일본이었다. 일본은 세계에서 가장 먼저 몬스터 소탕을 끝낸 나라라고 정보지에 적혀 있었다.

그것이 가능한 것은 2기 수련생들의 활약이 컸다.

그들은 이번 기회를 놓치지 않고 일본 헌터 협회 수뇌부를 차지했다.

노인네들을 밀어내고 2기 수련생들이 일본 헌터 협회를 장악했다.

그라니안의 보금자리를 찾아가면 어렵지 않게 그들을 만날 수 있었다.

일본 헌터 협회를 운영하기도 바쁜 그들이긴 했지만 수련에 대한 욕심은 끝이 없었고 일주일에 2일은 그라니안에게 수련을 받고 있었다.

기운의 조화를 갓 배우기 시작한 그들이었고 기운의 조화를 조금이라도 이해하게 된다면 완벽히 일본 헌터 협회를 장악할 수 있을 것이다.

물론 정치적으로도 많은 노력을 해야겠지만 이 시대는 정치력보다 힘이 우선시되는 시대이다.

전국에 있는 몬스터 소통이 완료되자 수련생들이 급격히 시무룩해졌다.

루카라스에게 수련을 받기 시작했기 때문이다.

"용택아 진짜 죽을 것 같다. 차라리 몬스터랑 싸우고 말지. 저 용새끼 밑에서 수련을 하는 것은 정말 미친 짓이야."

수련생들은 이미 수련 이전의 기운을 완벽히 회복했을 뿐만 아니라 한 단계 이상의 랭크업을 이루었다. 그리고 점점 더 강해지고 있었다. 하지만 수련은 끝이 없고 가혹한 일상이 계속되었다. 그들의 스트레스가 폭발하기 직전이었다. 수련과 스트레스 해소를 할 방법은 어렵지 않았다.

전국에는 아직 많은 몬스터 도어가 있었고 몬스터 도어를 파괴하지 않는다면 다시 몬스터 범람에 큰 피해를 입어야 했다.

해서 나는 보스급 몬스터 사냥에 그들을 데리고 가기로 했다.

"정말 조심하셔야 합니다. 이전까지 상대해 왔던 몬스터와는 급이 다른 몬스터들입니다. 한 가지의 기운이지만 그 기운을 능숙하게 활용하는 몬스터이니 방심은 금물입니다."

3기부터 5기 수련생 전부가 경북 지역에 있는 D급 몬스터 도어에 들어왔다.

D급 몬스터 도어에 있는 몬스터들이라고 해봐야 오우거급이 전부였고 그런 몬스터들은 수련생들의 간식거리도 되지 않았다. 하지만 보스급 몬스터는 다르다. 위험할 수는 있는 사냥이었지만 그들의 실력이라면 충분히 사냥이 가능할 것이라고 믿었고 위험한 일이 발생하면 내가 개입하기로 했다.

"걱정하지 말라고. 지금까지 상대는 너무 만만해서 몸도 풀리지 않았다고."

사장에 비해 아무런 말도 없이 묵묵히 전방을 주시하는 추수였고 그 옆에는 마교인이 아닌 정기람이 붙어 있었다. 그는 3기 수련생임에도 불구하고 사장보다 추수가 마음에 드는지 항상 그의 옆에 붙어 있었다. 한국에 있는 수련생 중에서 가장 강한 기운을 가지고 있는 사람이라고 하면 사장이다. 사장은 애초에 B급 헌터로 시작했기도 했고 수련 기간도 오래되었기에 벌써 4개의 기운을 받아들였는데 그 기운은 다른 헌터들에 비하면 방대한 양이었다. 하지만 그를 무섭게 쫓아오고 있는 추수였다.

그의 실력은 이미 2인자의 자리까지 올라와 있었고 성장세가 무서웠다.

잠을 자는 시간까지 줄여가며 개인 수련을 하는 그였기에 당연한 결과일지도 몰랐다.

그리고 세 번째로 강한 사람은 의외로 마교인들 중에서 나오지 않았다.

바로 정기람이었다. 헌터 회사에 취업을 하지 못할 정도로 약한 기운을 가지고 있던 그였지만 수련에 대한 욕구가 강했기에 빠른 속도로 성장했고 벌써 두 가지 기운을 능숙하게 사용했다. 전투력으로 따지면 마교인들보다 떨어지긴 했지만 오로지 기운의 양으로만 보았을 때는 그가 3인자였다. 아직 부족한 점이 많았기에 그에게는 전투를 알려줄 스승이 필요했고 그 스승을 추수로 삼고 있는 그였다.

독기가 가득한 눈빛을 지우지 않고 있는 그에게 넌지시 물어본 적이 있다.

"왜 이렇게 수련을 미친 듯이 하는 거야? 무슨 사연이라도?"

조심스럽게 물었다. 개인의 사연을 묻는 것은 실례인 시대다.

"뻔한 사연입니다. 복수하고 싶은 사람이 있습니다. 그를 씹어 먹기 전까지는 더 강해져야 합니다."

"누군데? 내가 도와줄까?"

"아닙니다. 제 스스로 해결하고 싶습니다."

20살이 된 그에게 이런 독기를 심어준 사람이라면 만만치 않은 사람일 것이다.

그가 누군지는 모르지만 조만간 지옥을 경험하게 될 것이라고 믿어 의심치 않았다.

2개의 전투부대에 25개의 전투조가 꾸려져 움직였다.

각 전투부대의 장은 사장과 추수가 맡았고 각 조장들이 그들의 뒤를 쫓았다.

자잘한 몬스터를 사냥하는데 지겨움을 느끼고 있는 그들의 앞에 보스급 몬스터의 영역이 모습을 드러냈다.

D급이긴 하지만 보스급 몬스터다. 땅의 기운을 가득 가지고 있는 거대 지렁이가 땅속에서 우리를 기다리고 있다.

땅에 숨어 있었기에 상대하기가 쉬워 보이지는 않았지만 나는 한 발 물러나 전투부대의 사냥을 지켜보았다.

그들도 이미 보스급 몬스터의 기운을 느꼈는지 이전의 표정을 지우고 긴장이 서린 모습으로 탈바꿈했다.

"1부대 7조에서 9조까지 땅을 파라."

각 조는 무작위로 조를 짠 게 아니라 기운의 종류에 따라 조를 구성했다.

같은 수련을 하는 그들이었지만 받아들인 기운의 종류는 달랐다.

누구는 물의 기운에 친화력이 있었고 다른 누구는 땅의 기운에 친화력이 있었다.

같은 특성을 가진 수련생끼리 조를 구성했고 사장이 부대장으로 있는 1부대의 7조~9조까지가 땅의 기운에 특화되어 있었다.

그리고 2부대에서 땅의 기운을 가지고 있는 조들도 추수의 명령에 따라 거대 지렁이가 있는 부근의 땅을 파기 시작했다.

10m 정도 땅을 파 내려가자 거대 지렁이가 꿈틀거렸다.

가만히 잠을 자고 있다 방해받은 거대 지렁이의 기분이 좋을 리가 없다.

거대 지렁이는 1부대가 있는 곳에서 몸을 드러냈다.

땅속에서 이동했다고 보기 힘들 정도로 거대 지렁이가 땅을 파는 속도는 빨랐다.

머리통 크기만 덤프트럭만 한 녀석이다.

땅 위에서 솟아오르는 덤프트럭을 피해 1부대는 산개했다.

"바람의 기운을 최대한 이용해서 속박하고 불의 기운으로 뜨거운 맛을 보여줘라."

바람의 기운으로 밧줄을 만들지는 못하는 그들이었지만 수십 명의 사람이 동시에 여러 방향으로 바람을 쏟아냈기에 거대 지렁이의 움직임이 느려졌다.

움직임이 느려진 거대 지렁이를 향해 수십 개의 화염구가 날아갔고 화염구는 수월하게 명중했다. 아무렇게나 쏘아 보내도 큰 덩치 덕에 명중할 수밖에 없었다.

"크이이엑!"

지렁이의 울음소리를 들어본 적이 있었던가?

처음 들어보는 지렁이의 울음소리는 괴상했다.

소리를 만들어내는 기관이 다른 몬스터와는 다른지 창문을 긁는 듯한 소리가 거대 지렁이의 입을 통해 흘러나왔다.

듣기 안 좋은 소리라고 생각하는 것은 나뿐만이 아니었던지 추수가 자신의 부대에게 거대 지렁이의 입을 막을 것을 명령했다.

"지렁이의 입을 태워 버려라."

큰 입을 벌리고 있는 지렁이의 입에 뜨거운 기운이 들어갔다.

거대 지렁이는 뜨거운 음식을 잘 먹지 못하는지 몸을 비틀어대며 거부했지만 집요하게 그의 입을 향해 화염구가 날아들었다.

화염구에 뜨거운 맛을 봤던 거대 지렁이는 온몸을 심하게 비틀었고 바람의 기운에 속박되어 있던 머리를 다시 땅속으로 넣을 수 있었다.

땅속으로 숨은 거대 지렁이를 상대할 방법은 많지 않다.

땅의 기운으로는 거대 지렁이를 불편하게 할 수 없다. 땅의 기운은 거대 지렁이가 더욱 뛰어났다. 한동안 대치 상태가 유지되었고 머리를 내밀기만 기다리고 있던 전투부대였다.

하지만 뜨거운 맛을 보았던 거대 지렁이가 다시 머리를 내미는 일은 없었다.

"구멍에 불을 지르고 바람의 기운을 쏟아내라."

사냥 경험이 많은 사장이 방법을 찾아내었다.

구멍을 불구덩이로 만들 생각이었다. 추수도 사장의 방법이 마음에 들었던지 자신의 부대원들에게 1부대와 같은 방법을 사용하도록 명했다.

구멍 입구에는 엄청난 불기둥이 생겨났고 그 불기둥은 바람의 힘에 이끌려 구덩이 안으로 침투해 들어가기 시작했다.

하지만 그 방법에도 거대 지렁이는 모습을 드러내지 않았다. 급히 구멍을 파 다른 곳으로 이동하는 거대 지렁이였고 불덩어리들은 거대 지렁이를 따라 움직였다.

전투부대원들의 기운이 급격히 빠져나가고 있는 것이 보였다.

하지만 다행이 그들의 기운이 다 소진되기 전에 불구덩이에 지친 거대 지렁이가 모습을 드러냈다.

"지금이다. 전 부대원 돌격."

지금의 기회를 놓치면 다시는 이런 기회가 오지 않을 수도 있다.

이미 불의 기운과 바람의 기운을 가지고 있는 전투부대원들의 힘이 빠져 있었다.

1부대와 2부대 전투부대원들은 사장과 추수를 필두로 거대 지렁이에게 달려들어 갔다.

머리뿐만 아니라 몸 대부분을 땅 밖으로 끄집어낸 거대 지렁이의 길이는 엄청났다.

오랜만에 기차를 보는 듯한 느낌까지 들었다.

승차권을 구입하지 않고 탑승하려는 전투부대원들과 거대 지렁이의 싸움이 시작되었다.

거대 지렁이는 자신 주위의 흙을 사방으로 날리며 전투부대원들의 전진을 막았다.

엄청난 양의 흙이 날아와 그들 앞에 쌓였고 그건 마치 벽이 세워진 것과도 같았다.

하지만 단순한 흙이었다. 그런 흙벽에 멈춰 설 그들이 아니었다.

그들은 흙벽을 몸으로 돌파하며 거대 지렁이에게 다가갔고 자신들의 무기에 기운을 담아 거대 지렁이의 몸에 박아 넣기 시작했다.

결국 거대 지렁이는 자신의 몸을 내어주어야 했고 전투부대원들은 무임승차에 성공했다.

거대 지렁이 한 마리에 500명의 인원이 달라붙었다.

개미의 공격을 당하고 있는 지렁이의 모습이었지만 그들

은 개미와 달리 날카로운 무기와 강대한 기운을 가지고 있었다.

하지만 아직 거대 지렁이의 숨이 완전히 끊어지지는 않았다.

발광하는 거대 지렁이의 몸에 무기를 박아 넣고 버티는 전투부대원들이었지만 여전히 거대 지렁이의 움직임은 멈추지 않고 있었다.

거대 지렁이의 마지막 숨통을 끊기 위해 두 명의 사내가 앞다투어 거대 지렁이의 마정석이 있는 곳 몸통 중앙으로 달려갔다.

사장과 추수는 마지막 일격을 양보하고 싶은 마음은 전혀 없었다.

몬스터의 숨통을 끊는 쾌감은 양보할 수 있는 것이 아니다.

사장은 바람의 기운을 폭발시켰다. 그의 움직임은 빨라졌고 한발 먼저 거대 지렁이의 몸통에 도착했고 급히 자신의 검을 찔러 넣었다. 거기서 멈추지 않고 거대 지렁이의 몸 안으로 기어들어 갔다. 나를 욕하던 사장이 아니었다. 이미 그도 사냥에 미쳐 버렸다.

"이것이 이놈의 마정석이다. 으하하하하!"

거대 지렁이의 마정석을 뜯어 온 사장은 자랑스레 마정석을 들어 보이며 우렁찬 웃음소리를 내었다.

추수는 그런 모습에 입술을 질끈 깨물었다.

"수고하셨습니다. 생각보다 사냥이 빨리 끝났네요."

전투부대원들의 능력이 내 생각보다 우수했다. 아무리 D급 몬스터 도어의 보스급 몬스터라고 해도 아무도 큰 상처를 입지 않고 사냥에 성공했다.

그들이 자랑스러웠다. 짧은 시간에 이렇게 강해질 것이라고는 상상도 하지 않았었다.

거대 지렁이가 죽었기 때문에 몬스터 도어는 붕괴되기 시작했고 붕괴가 끝나기 전에 재빨리 빠져나와야 했다.

여기서 좀 더 승리를 만끽하고 싶긴 했지만 몬스터 월드에서 평생 살고 싶지 않다면 지체 없이 움직여야 했다.

보통 보스급 몬스터가 죽으면 반나절 안에 몬스터 도어가 사라진다.

아직 여유가 있긴 했지만 만약을 대비해 최대한 빨리 몬스터 도어로 이동했다.

몬스터 도어는 아직 붕괴되기 전이었기에 전투부대원들은 다시 한국의 공기를 마실 수 있었다. 마을로 돌아온 우리들은 광장에 모였다.

"모두 수고하셨습니다. 수련의 성과를 느끼실 수 있으십니까?"

그들의 웃는 얼굴이 대답으로 충분했다.

"그러면 내일부터 다시 루카라스 님에게 수련을 열심히 받으세요."

전투부대원들은 언제 웃었냐는 듯이 인상을 찌푸렸다.

거대 지렁이 사냥을 성공하며 지었던 밝은 미소는 이미 사라져 찾아볼 수 없었고 그들은 방학이 끝난 학생의 모습을 하고 있었다.

제6장
전쟁 발발

"루카라스 님. 수련생들은 어떻습니까?"

"이제 기운을 정제하는 단계다. 조화까지 배우려면 한참은 멀었다. 가지고 있는 기운 자체가 너에 비하면 터무니없이 작기도 하고 기운을 느끼는 감각도 많이 떨어져서 수련이 더디다."

몬스터의 기운을 흡수해 기운을 키운 나와는 달리 정말 자연에 있는 기운을 받아들이고 있는 수련생이었기에 수련 속도는 나에 비해 한참이나 느렸지만 다른 헌터들에 비해서는 빠르게 강해지고 있었다. 그걸 아는 수련생들이기에 힘든 수련과 루카라스의 꼬장을 참고 견디고 있었다.

"그건 그렇고 기운이 조금 강해진 것 같은데?"

경북 지역의 몬스터 도어를 전투부대와 돌며 내가 미처 흡수하지 못한 보스급 몬스터를 만날 경우에는 그들보다 먼저 보스급 몬스터를 사냥하고 힘을 흡수했고 기운은 전보다 더 강해졌다. 이제는 루카라스에게 한 방 정도는 멋지게 넣을 자신이 있었다.

"한번 붙어보실래요?"

"음……. 오늘은 수련생들의 수련에 집중하고 싶다."

피하는 건가? 드디어 루카라스가 나와의 대련을 피하려고 했다. 얼마나 기대했던 순간인가. 물론 아직 루카라스가 나에 비해 훨씬 강하기는 했지만 그래도 다른 수련생들 앞에서 꼴사나운 모습을 보이고 싶지 않아했기에 나와의 대련을 피하는 것이었다.

1주일에 하나 이상의 몬스터 도어가 사라진다. 이제는 경북 지역에서도 몬스터 도어가 사라졌다. 이 속도를 유지하면 한국에서 몬스터 도어가 완전히 사라지기까지 몇 년이 걸리지 않을 것 같았다.

이제 대구 경북 지역의 몬스터 도어가 사라진 것뿐이지만 사람들의 얼굴에는 희망이 피어올랐다. 이제는 경남 지방까지 내려와 몬스터 도어 파괴 작업을 진행했다.

장벽의 보호를 이자벨에게 맡겼기 때문에 아무런 걱정도

없이 경남까지 내려올 수 있었다.

이자벨을 만난 것은 정말 큰 행운이었다.

"오늘은 특별히 조심하세요."

기운이 심상치가 않다. C급의 몬스터 도어이긴 하지만 잠재된 기운이 일반 자연계 몬스터의 기운을 상회했다. 전투부대의 전투력을 믿긴 했지만 그들이 위험한 상황이 찾아올 것을 대비해 미리 기운을 끌어 올렸다.

"1부대 전투 대형으로."

"2부대 전투 대형으로."

사장과 추수의 말에 따라 각 부대원들은 훈련받은 진형을 유지하며 보스급 몬스터에게 다가갔다. 그들이 다가가자 호수에서 기운을 흡수하고 있던 보스급 몬스터가 모습을 드러냈다.

"가재잖아!"

"저 가재는 먹을 수 있을 거 같은데?"

1부대 소속의 전투대원들이 거대 가재의 모습을 보고 입을 열었다. 그들의 모습을 보고 사장이 인상을 찌푸렸다. 확실히 마교인으로 구성되어 있는 2부대 대원들보다 통제가 잘 되지 않는 1부대였고 거기에는 자유로운 사장의 성향도 한몫하고 있었다.

"일단 물 밖으로 끄집어내야 한다. 성깔이 있어 보이는 녀석이니 살살 간지럽히면 밖으로 나올 것 같다. 불덩어리 몇 개 쏘아줘라."

추수는 사장의 모습을 가만히 지켜보고 있었다. 그도 사장의 사냥 경험이 자신보다 뛰어나다는 것을 알고 있었고 그의 경험을 빠르게 흡수하고 있었다.

사장의 계획은 성공적이었다. 거대 가재는 물 밖으로 기어 나오고 있었다.

절단기처럼 보이는 앞발을 사정없이 찰칵거리며 거대 가재는 자신에게 불덩어리를 쏘아 보낸 1부대 쪽으로 향했다.

"1부대는 시선을 끈다. 추수, 공격을 부탁한다."

사장의 말뜻을 단번에 이해한 추수는 2부대원들을 거대 가재 뒤편으로 이동시켰다.

시선이 1부대에 끌려 있는 거대 가재의 뒤를 공격할 심산이었다.

분노에 정신이 마비된 건지 거대 가재는 2부대의 움직임에 신경을 쓰지 않고 오로지 1부대를 쫓았다.

"지금이다. 총공격!"

거대 가재를 향해 온갖 기운이 날아갔다.

거대 가재의 등껍질에서 온갖 굉음이 터져 나왔다. 2부대원들의 공격은 하나도 빠짐없이 명중했다. 한참이나 계속된 공격은 추수의 손짓에 의해 멈추었다.

"2부대 뭐야. 밥 안 먹고 나왔어? 가재가 계속 움직이잖아!"

거대 가재는 공격이 끝이 나자 다시 몸을 펴고 1부대를 향해 움직였다. 생각보다 그의 껍질의 방어도가 높았다. 날카로운 가재의 앞발에 물리는 순간 목숨을 장담할 수 없어 보였다.

"가재의 등껍질을 태워 없애 버리지 않으면 공격이 무의미하겠다. 가재를 태워 버려라."

사장의 명령에 따라 불의 기운을 가지고 있는 전투부대원들이 가재 주변을 불구덩어리로 만들었고 2부대의 인원들도 합세하자 가재의 모습은 불에 가려 보이지도 않았다.

기운이 다 소진될 때까지 불을 쏘아내었는데 확실히 효과적이었다. 가재의 껍질 색이 바뀌었다. 맛있게 익은 것이다. 이 순간을 기다리고 있던 다른 부대원들은 자신들의 부대장의 명령을 기다리고 있었다. 부대원들의 기대에 부응하기 위해 사장과 추수는 입을 열려고 했지만 자신들의 귀를 때리는 목소리에 입을 닫아야 했다.

"제가 처리하겠습니다. 전투부대원들은 뒤로 물러나 주세요."

너무나 먹음직스럽게 익었다. 아직 가재의 힘을 흡수한 적은 없었고 전투부대원들에게는 미안하지만 가재의 힘을 흡수하고 싶었다.

어이없이 나를 쳐다보는 부대원들을 애써 무시하고 가재의 등껍질을 파고 들어가 가재의 힘을 흡수했다.

흡수를 마치고 가재의 마정석을 뜯어 나왔다. 그런 나의 모습을 여전히 입을 벌리고 지켜보는 부대원들이었다.

"혹시나 모를 위험에 대비해서 제가 마무리 지었습니다."

사장은 의심의 눈초리를 풀지 않았다.

"제 버릇 개 못 준다더니 아직도 몬스터만 보면 미친개가
되네."

조용히 말한 그의 목소리였지만 똑똑히 들렸다. 그래도 삐
져 보이는 사장의 목소리에 아무런 대꾸도 하지 못하고 부대
원들을 데리고 도어 밖으로 나왔다.

부대원들의 전투 경험도 중요하지만 기회가 되면 힘을 흡
수해야 한다.

경남 지역의 몬스터 도어도 어느 정도 정리가 완료되었다.

이제는 경상도 지역은 몬스터 범람에 안전했다. 이제 다른
지역의 몬스터 도어를 정리할 차례였지만 그러지 못했다.

헌터 협회에서 날아온 한 장의 정보지가 계획을 송두리째
바꿔놓았다.

"지금 이 정보지가 사실이라고 봅니까?"

사장과 추수가 내 옆에 앉아 정보지를 읽고 있다.

정보지를 다 읽은 그들도 당황스러운 표정을 숨기지 못했다.

"아니, 이게 무슨 개 뼈따구 같은 소리야? 이 상황에서 전
쟁이라고? 몬스터를 다 정리하지도 못한 지금 전쟁을 일으키

다니 미친놈들 아냐 이거?"

"인간이 미치는 것은 한순간입니다. 그리고 미친 인간이 지휘관이라면 충분히 가능한 일입니다."

러시아가 전쟁을 일으켰다. 그들이 빠르게 몬스터 범람을 막아내었다는 소식은 전해 들었지만 그들이 곧장 전쟁을 일으킬 것이라고는 아무도 상상도 하지 못했다.

그들이 왜? 지금 같은 상황에서 전쟁을 일으키는 것은 같이 죽자는 소리밖에 되지 않는다.

그것도 그들의 전쟁 대상은 중국이었다.

선전포고도 없이 러시아의 각성자들을 필두로 한 부대가 중국을 쳐들어갔다.

도저히 이해할 수 없는 상황이다. 중국이 아무리 예전보다 힘이 떨어졌다고는 해도 러시아의 각성자의 수와 중국의 각성자의 수는 얼마 차이 나지 않는다. 그리고 각성자가 아닌 일반인으로 구성된 군대의 숫자는 중국이 압도적이었다.

군대를 유지할 필요가 없어 방치하고 있지만 전쟁이 일어나면 수백만의 사람을 한 번에 동원할 수 있는 것이 중국이다.

그런 중국을 상대로 왜 전쟁을 선포했는지 이해가 가지 않았다.

"일단 헌터 협회에 가서 보다 정확한 정보를 알아 올 테니 기다리세요."

나는 곧장 정보지를 돌린 헌터 협회를 찾아갔다.

정보지에 적힌 내용을 확인하고 싶었다.

"협회장님. 이게 무슨 소리입니까? 전쟁이라뇨. 언제 다시 몬스터 범람이 일어날지도 모르는 지금 같은 상황에 전쟁이 일어났다는 게 말이나 되는 소리입니까? 이 정보지에 적힌 내용이 사실입니까?"

"사실이라네. 이미 전쟁이 시작한 지 1주일이 넘었다네. 지금 국경에서 치열한 전투가 벌어지고 있다네. 수천 명의 각성자가 죽어 자빠졌고 수십만 명의 사람들이 목숨을 잃었다네."

"아니 도대체 왜 러시아는 중국을 상대로 전쟁을 벌인 겁니까?"

"나도 모르겠네. 단지 쿠데타로 인해 정권이 뒤집어졌다는 정보만을 입수했다네. 보다 정확한 정보를 얻기 위해 중국으로 사람을 파견했으니 정보를 얻는 대로 알려주겠네."

"누가 이길까요?"

"나도 모르겠네. 워낙 팽팽한 전력이라 하지만 확실한 것은 승자가 누가 되든 양국이 입는 피해가 엄청날 것이라네."

도저히 이해가 가지 않는다. 제정신인 사람이라면, 아니, 조금이라도 생각을 할 줄 아는 사람이라면 전쟁을 생각하면 안 되었다. 러시아 지휘관이 전쟁을 명령했더라고 해도 밑에 있는 사람들이 말려야 했다. 목숨을 뺏더라도 말려야 했다.

하지만 오히려 그의 명령에 따라 전쟁을 일으키다니. 나의 상식으로는 도저히 이해가 가지 않았다.

"우리에게 피해가 올까요?"

"직간접적으로 피해가 올 수밖에 없는 상황이네. 중국에서 식량을 수입하는 것이 더는 불가능하다네. 그리고 우리에게 지원 요청을 할지도 모르지."

"아니 왜 무슨 이득을 취하려고 전쟁을 벌인 걸까요?"

"그걸 나도 모르겠네. 보통 전쟁을 벌이는 이유는 땅에 대한 욕심 때문이지. 하지만 지금 시대에 땅이 주는 이득이 있을지 의문이네. 전쟁은 길어질 것 같네. 우리도 대비를 해야되겠어. 만약에 러시아가 중국을 상대로 이긴다면 우리를 공격해 올지도 모르지."

갑작스런 전쟁 소식에 머리가 혼란스러워졌다.

이 상황을 어떻게 대처해야 좋을지도 생각이 나지 않았다.

더는 들을 정보가 없었기에 마을로 돌아왔고 전쟁에 관한 소식을 사장과 추수에게 공유했다. 그들도 나와 마찬가지로 혼란스러워했고 해답을 찾지 못했다.

여전히 해답을 찾지 못하고 당황하고 있는 나에게 며칠 후 헌터 협회에서 새로운 정보지가 날아왔고 나는 그 정보지를 받는 순간 헌터 협회로 이동할 수밖에 없었다.

"지금 전쟁에 몬스터가 동원되고 있다는 말씀이신가요?"

"그렇다네. 러시아의 부대가 각성자들과 몬스터로 구성되어 있다는 정보를 받았다네. 우리 정보원이 직접 본 장면이니 사실일 것이야."

몬스터와 각성자가 힘을 합쳐 전쟁을 벌인다? 상상도 해보지 못한 일이 현실로 벌어지고 있었다.

"몬스터를 조종할 수 있는 능력을 가진 각성자가 있다는 말인가요?"

"그럴 가능성이 가장 높다네. 아마 정신계 능력을 가진 각성자가 러시아에 있는 것 같다네. 몬스터의 수가 수십만 마리에 달한다고 하네."

"아니 아무리 정신계 능력을 가지고 있다고 해도 수십만 마리의 몬스터를 동시에 조종할 수 있다고는 믿기지 않습니다. 인간의 한계를 넘어선 능력입니다."

"나도 믿기지 않는다네. 하지만 사실인 걸 어쩌란 말인가."

협회장도 답답한 마음을 숨기지 못하고 역정을 내었다. 그도 나와 마찬가지로 지금의 상황에 짜증이 났던 것이다.

"그러면 그들의 목표가 무엇이라고 합니까? 몬스터를 조종할 수 있으니 세계 정복이라도 하겠답니까?"

"지금으로서는 그들의 목표가 무엇인지는 알지 못한다네."

"지금 전쟁은 어떻게 되어가고 있습니까?"

"현재 중국이 밀리고 있다고 하네. 이미 수차례 우리에게 지원 요청을 보내왔다네. 얼마나 급하면 자네를 지원병으로 보내달라는 서신도 받았다네."

나를 죽이려고 기를 쓰던 그들이다. 나에게까지 손을 벌릴 정도로 자존심을 버렸다.

얼마나 긴급한 상황인지 알 수 있었다.

"저 혼자 간다고 해서 상황이 달라지겠습니까?"

아직은 전쟁에 직접적으로 간섭하고 싶지는 않았다. 한국에 있는 몬스터 도어도 완전히 파괴하지 못한 지금에서 다른 나라의 사정을 봐줄 정도의 여유는 없다.

직접적으로 한국을 쳐들어오지 않는다면 움직이지 않을 생각이었다.

대신 대비를 해야 한다. 러시아의 침입을 방어할 준비를 해야 한다.

"헌터 협회와 정부는 어떤 대책을 가지고 있습니까?"

"현재로서는 지켜보는 것 말고는 딱히 방법을 가지고 있지 않다네. 그들의 목표가 무엇인지도 모르는 상황에서 섣불리 움직이는 것은 너무 위험하다고 판단했다네."

가만히 앉아서 칼을 든 강도를 맞이하겠다는 말과 다르지 않게 들렸다.

"그게 끝입니까? 한 나라를 운영한다는 사람들이 내린 해답이라고 믿기지 않는군요."

"일단 최소한의 대비는 하고 있는 중이라네."

그들이 하고 있는 대비는 정보를 알아 오는 것이 고작이었다.

그것만으로는 부족했다. 하지만 딱히 다른 방법이 있는 것도 아니었기에 답답할 뿐이었다.

헌터 협회에 있어봐야 더욱 답답한 마음만 커져 갔기에 마을로 돌아왔다.

나를 기다리고 있던 2명의 부대장들은 나를 따라 막사 안으로 들어갔다.

"몬스터를 동원했다는 것이 사실입니까?"

"그렇습니다. 사실입니다. 수십만 마리의 몬스터를 러시아가 동원했다고 합니다."

"그러면 그들의 목표가 뭔데? 세계 정복이라 하겠다는 건지 원."

"아직은 러시아의 목표가 무엇인지는 정확히 알지 못합니다. 우리도 만약의 상황에 대비해야 합니다. 좀 더 수련에 박차를 가해야겠습니다."

부대원들의 능력을 키우는 것 말고는 다른 대비책이 생각나지 않았다.

*   *   *

러시아의 일로 골치가 아픈 상황에서 마을로 반가운 손님들이 찾아왔다.

매번 원치 않는 사람들만 방문했었기 때문에 그들의 방문이 더욱 반가웠다.

"아직 일본이 정리도 되지 않았을 건데 여기까지 다 오고 고생했어."

일본 헌터 협회를 장악하다시피 하고 있는 2기 수련생들이 마을로 찾아왔다.

그들은 오랜만에 만난 후배 수련생들과 반갑게 재회를 하고는 나의 막사 안으로 들어왔고 사장과 추수도 자연스레 막사 안에 자리를 잡고 앉았다.

"단순히 얼굴 보려고 온 것은 아닐 테고 무슨 일로 한국까지 왔어?"

그들은 막사 안으로 들어오고 얼굴이 딱딱하게 굳어져 갔다.

"러시아에 대한 얘기를 알고 계십니까?"

"알고 있지. 안 그래도 러시아 때문에 두통이 가실 일이 없어."

"저희 쪽 정보로 인하면 몇 달 안에 러시아가 중국을 완벽히 장악할 것이라는 판단이 섰습니다. 몬스터를 대동한 각성자들을 이겨낼 나라는 많지 않습니다. 이미 기세가 러시아로 많이 기울었습니다. 중국 정부는 최대한 시간을 끌고는 있긴 하지만 돌파구를 만들어낼 거 같지는 않습니다."

2기 수련생의 의견에 동의할 수밖에 없다. 몬스터 범람으로 인해 어수선한 분위기의 중국이 러시아의 공격을 막아낼 방법은 없었다. 각성자들과 몬스터들이 유기적으로 움직이는 러시아를 무슨 수로 막아내겠는가.

"우리도 그렇게 생각을 하고 있긴 하지만 그래도 중국이 몇 달도 버티지 못한다는 것은 너무 중국의 각성자들을 무시하는 것 아니야?"

나는 중국의 각성자들을 직접 경험해 본 적이 있다. 중국 정부에 고용된 각성자들은 그렇다고 해도 문파에 속해 있는 각성자들은 일반 각성자보다 뛰어난 능력을 가지고 있었고 꽤나 효율적으로 기운을 사용하기도 했었다. 그런 중국을 단 몇 달만에 장악할 수 있다는 일본 측의 판단을 믿기 힘들었다.

"이미 러시아로 넘어간 중국 세력이 한둘이 아닙니다. 힘을 합쳐 싸웠다면 러시아라고 해도 힘들었을 겁니다. 하지만 너무도 쉽게 중국 문파들이 러시아에 합세하여 중국을 압박하고 있습니다."

"그들이 왜? 아무리 불리하다고 해도 나라를 버리는 결정을 하기는 쉽지 않을 건데."

"그건 저희도 아직 파악하지 못했습니다. 하지만 분명한 건 러시아가 중국을 장악하는 대로 다른 나라로 눈을 돌릴 것이라는 겁니다. 그때를 대비해 일본 헌터 중에 제 밑에 있는 헌터들을 수련시키고 싶습니다."

2기 수련생들이 지금 같은 상황에서 한국으로 넘어온 이유는 새로운 수련생을 만들고 싶었기 때문이다. 지금의 전력으로는 러시아의 공세를 막아내기 힘들 것이고 전력 상승이 필요했다. 그리고 그들의 선택은 새로운 수련생을 만드는 것이었다.

반대할 이유는 없다. 나를 스승으로 따르고 있는 그들의 전력이 강해진다고 해서 나에게 손해가 될 일은 전혀 없었다.

"최대한 믿을 수 있는 각성자들로 수련생을 구성하시기만 하면 문제가 없을 것 같습니다."

"걱정하지 마십시오. 스승님. 이미 인성적으로 문제가 없는 각성자들로만 팀을 꾸렸습니다."

2기 수련생들은 며칠 동안 대구에 머물면서 다른 기수의 수련생들과 회포를 나누고는 다시 일본으로 돌아갔다.

우리도 새로운 수련생을 뽑아야 한다. 일본으로 보내 그라니안에게 수련을 맡기지는 못하지만 이미 수련생들의 수련을 도와주고 있는 루카라스라면 충분히 수련을 도와줄 수 있을 것이다. 물론 그가 모든 수련을 직접 행할 수는 없다. 3기 수련생들이라면 새로운 기수의 수련생들의 육체를 만들어줄 수 있을 것이다.

하루가 멀다 하고 새로운 정보들이 들어왔다.

러시아가 중국과의 전쟁을 벌인 지 한 달도 되지 않아 이미 중국 영토 절반을 차지했다.

그들의 기세는 무서웠고 빨랐다. 후퇴만을 계속하고 있는 중국 헌터 협회와 문파들이 마지막 전투를 위해 힘을 모으고 있다고 했지만 그들이 그 전투에서 승리할 수 있을 거라는 생각은 들지 않았다.

아직 전쟁의 끝이 나지도 않은 상황에서 러시아 정부에서 한국 정부에게 서신을 보냈고 그 내용을 협회장이 알려왔다.

서신의 내용은 하루 빨리 항복하라는 내용이었다.

한국이 자신들의 밑으로 자진해서 들어온다면 침략을 하지 않을 것이며 자신들의 속국이 되어 새로운 영광을 함께할 것이라는 내용이었다. 완전히 한국을 무시하고 있는 그들이다.

사실 중국에 비해 땅덩어리도 작고 인구수도 적었기에 러시아가 우리나라에 군침을 흘릴 이유는 없었다. 그랬기에 이런 서신을 보냈을 것이다.

현재 러시아의 왕으로 군림하고 있는 블러디미르의 정체가 궁금했다.

쿠데타를 일으키며 스스로 왕이 된 그의 목표가 무엇이고 능력이 무엇인지 알고 싶었다.

몰래 러시아로 들어가서 그를 만날 수 있을까?

확률은 꽤 높다. 나의 은신을 알아챌 정도로 뛰어난 감지 능력이 있는 각성자가 있을 리가 없었다. 한번 시도를 해볼 만한 일이다.

텔레포트 목걸이가 있는 이상 위험한 경우 탈출도 가능했다.

하지만 거리가 문제였다.

베이징까지 가본 적이 있었기에 베이징부터 모스크바까지 가면 되긴 하지만 그래도 거리가 엄청났다. 그를 만나기 위해 몇 달의 시간을 투자할 수는 없었기에 일단은 계획을 접었다.

궁금증을 접고 수련생들의 능력을 키우는 데 집중했다. 이미 5기 수련생들이 3기 수련생들의 능력에 근접했다. 3기 수련생들은 격차를 벌리기 위해 노력했지만 마교인들의 독기를 따라갈 수 없었다. 애초부터 시작점이 달랐다.

그들은 투쟁이라는 특성을 가지고 태어난 종족이다.

사장과 정기람을 제외하고는 힘의 차이는 그다지 나지 않았다. 이제 기운의 조화를 수련하고 있는 그들을 지켜보고 있는 4기 수련생들은 그들을 따라잡기 위해 악을 쓰며 수련했다.

* * *

중국의 헌터 협회가 있던 베이징이었기에 2차 몬스터 범람에 큰 피해를 입지 않고 몬스터를 소탕할 수 있었다. 하지만 지금 보고 있는 베이징의 모습은 폐허였다.

중국의 헌터 협회 본부가 있던 마천루 형식의 건물은 그 형태를 알아볼 수 없을 정도로 불타 버렸고 각성자들 대신 몬스터들이 그곳을 점령하고 있었다.

중국의 마지막 숨통을 끊는 순간만이 남은 지금 러시아의 왕 블라디미르가 베이징으로 향한다는 정보를 받은 나는 베이징으로 텔레포트했다.

모스크바에 얌전히 있었다면 내가 그를 찾아갈 일은 없었겠지만 이동이 가능한 베이징으로 그가 온다면 그를 만나볼 용의가 있었다.

정말 러시아가 몬스터들을 조종하고 있었다. 각성자들과 몬스터들이 같은 장소에서 서로에게 무기를 들이밀지 않고 앉아 있는 모습을 볼 거라고는 상상도 하지 못했다.

리치의 목장에서나 볼 수 있었던 그런 장면이다.

확실히 몬스터들은 일반 몬스터와 눈빛이 달랐다. 무언가에 조종을 당하고 있는지 부자연스럽게 움직이고 있었고 멍해 보였다.

그런 몬스터들을 러시아의 각성자들이 툭툭 치며 장난감처럼 사용하고 있다.

러시아어를 하지 못하기에 블라디미르와 대화를 나눌 생각은 없었다. 그가 가진 기운의 정도만 파악하고 싶었을 뿐이다. 그리고 기회가 된다면 그를 암살할 생각이다.

이런 전쟁을 벌이는 사람이 제정신일 리가 없었고 그는 인류에 도움이 되지 않는다.

인류를 위해 움직이고 싶은 생각은 없었지만 그는 한국을 위협하는 존재다.

한국을 위협한다는 뜻은 마을과 수련생들이 위험해진다는 뜻이고 그것이 그가 죽을 이유로 충분했다.

'더러운 새끼들. 몬스터들하고 같이 다니니 지들이 몬스터가 된 줄 아나.'

러시아의 각성자들은 진형을 유지하지 않았다. 애초에 진형을 유지할 생각조차 없어 보였다. 아무렇게나 퍼질러 앉아 시간을 보내고 있었다.

더러운 오물들이 그들 주변에 가득했고 악취가 코끝을 괴롭혔다.

그래도 이들을 지휘하는 사람은 있을 것이다.

분명 가장 기운이 강한 사람이 지휘관일 것이다.

어렵지 않게 이 중에서 가장 기운이 강한 사람을 찾을 수 있었다.

며칠은 감지 않은 듯 모든 머리카락이 엉켜 있는 장발의 사내였다.

그는 말을 제대로 듣지 않는 각성자와 몬스터를 시켜 도로를 정비하고 있었다.

러시아의 왕이 이 도로를 지나가기 때문에 청소를 시키는 듯한 모습이었다.

마치 사단장 방문에 부산을 떠는 부대장의 모습과 다르지 않았다.

'여기서 기다리고 있으면 블라디미르라는 놈을 볼 수 있겠지.'

다급히 몬스터를 채찍질하며 도로를 청소하고 있는 장발의 사내의 모습을 보아 블라디미르의 방문이 멀지 않았다는 것을 예상할 수 있다.

배낭에 충분히 챙겨온 대왕 오징어 다리를 뜯으며 기다렸다.

그들이 나를 알아차릴 가능성은 없었다.

나는 바람의 막을 만들어두었고 은신까지 한 상태였기에 아주 편한 자세로 그들의 모습을 구경했다. 몬스터와 각성자들이 서로 도우며 도로를 청소하는 장면은 꽤 좋은 구경거리였다.

하지만 그것도 한두 시간이면 족하다. 아무리 재밌는 영화라고 해도 3시간이 넘어가면 지겨워지게 마련이다.

반나절을 부서진 마천루 기둥에 기대어 시간을 보냈다. 지겨움에 멍하니 있는 몬스터의 뒤통수를 향해 작은 돌멩이를 던지며 시간을 보내었다.

정신을 조종당하고 있어도 고통은 느끼는지 머리를 긁적이는 오우거였다.

"크앙!"

오우거의 뒤통수를 향해 연달아 돌멩이가 날아갔고 오우거는 괜히 옆에 있는 오크의 뒤통수를 때렸다.

'짜증이 나면 본능적으로 옆에 있는 존재를 공격하나 본데.'

이번에는 각성자 옆에 있는 몬스터의 뒤통수에 돌멩이를 연달아 날려 보냈다.

그 오우거도 자신의 머리에 통증이 찾아오자 가장 옆에 있는 각성자를 향해 손을 들어 올려 보였지만 정지 화면처럼 오우거의 손이 각성자의 앞에 멈추어 섰다.

'같은 몬스터는 공격하면서 각성자는 공격하지 못하다니. 신기하군.'

여러 가지 실험을 통해 몬스터가 조종을 당하고 있다는 확신을 받았다.

그리고 실험이 끝이 나자 땅이 울리기 시작했다.

엄청난 숫자가 동시에 움직여서 만들어내는 소리다.

최소 십만은 넘어 보이는 기운들이 다가오고 있다.

대부분은 몬스터의 기운이다. 오크와 오우거 같은 일반 몬스터들이 도로를 따라 이곳으로 향하고 있다.

오우거가 앞장을 서고 있다. 그 뒤에 오크가 진형의 중심에 있는 사람들을 호위하듯 움직인다. 몬스터 안에는 말을 타고 있는 사람들이 보였다. 그리고 유일한 마차가 보였다.

마차에 타고 있는 사람이 러시아의 왕일 가능성이 높았다.

아니, 확신할 수 있었다. 러시아의 모든 각성자들이 마차를 둘러싸고 있다.

'마차 안에 있는 사람이 러시아의 왕이라면 분명 엄청난 기운을 뿜어내야 하는데 아무런 기운도 느껴지지 않는데. 기운을 제어하는 능력이라도 가지고 있는 걸까?

뛰어난 각성자라면 기운을 통제할 수는 있다. 중국에서 만난 소림사의 스님이 그랬었다. 하지만 완벽히 제어하는 것은 불가능했다. 내가 그들보다 기운이 뛰어난 이상 그들의 몸에서 새어 나오는 기운을 감지할 수 있다.

하지만 마차 안에 있는 사람에게는 아무런 기운도 느낄 수가 없었다.

완벽히 평범한 사람의 기운이다.

그가 정말 평범한 사람일까? 그럴 리는 없다.

그렇다면 나보다 높은 기운을 가지고 있다는 걸까?

해답을 찾기 전에는 쉽사리 움직이면 위험하다. 바람의 막만으로는 안심이 되지 않는다.

나는 조심스레 땅속으로 들어갔다. 땅은 내가 있을 공간을 스스로 만들어내어 주었고 나는 그곳에 자리를 잡았다.

그들의 움직임이 멈추었다. 마천루에 도착한 것이었다.

러시아의 왕으로 보이는 사람이 마차에서 내려 마천루를

보며 큰 웃음을 지었다.

그의 목소리는 호탕하지도 우렁차지도 않았다.

마치 병약한 아이의 웃음소리와도 같았다.

그의 웃음이 멈추자 몬스터들은 주변으로 흩어졌고 각성자들은 그가 쉴 공간을 만들기 위해 급히 움직였다.

개인이 쓰기에는 너무도 큰 막사가 금방 만들어졌다.

블라디미르는 홀로 천막 안으로 들어갔지만 지금은 움직일 때가 아니다.

어둠이 찾아오기를 기다려야 한다.

어둠은 살아 있는 존재들에게 피로를 주지만 나에게는 강대한 힘을 준다.

밤은 나의 시간이다.

"아악! 하악, 아~"

끈적한 신음 소리가 천막 안을 울린다. 벌써 목소리의 주인공이 세 번 바뀌었다.

전쟁터에 있는 여자라고 한다면 각성자들이다.

여자 각성자들이 제 몸을 그에게 바치고 있었다.

밤새 허리를 움직일 생각인지 천막 안은 쉽사리 진정이 되지 않고 있었다.

세 번째 여자가 천막 밖으로 나왔다. 눈이 풀린 그녀의 얼굴에는 붉은색의 희열이 가득했다.

'밤일 하나는 인정해야겠어.'

이제 시간이 되었다.

끈적한 공기가 아직 천막에서 새어 나오고 있긴 했지만 이미 절정도 끝난 상태이고 나는 최대한 예의를 지킨 사람이다. 절정을 맞이하기 전에 방문을 여는 눈치 없는 사람이 되고 싶지는 않았기에 지금까지 기다린 것이다.

밤은 깊어왔고 달이 나를 강하게 만들고 있다.

땅이 입을 벌렸고 나를 지상으로 밀어내었다.

나는 바람에 스며들어 천막 안으로 조용히 들어갔다.

천막 주변을 감시하고 있던 각성자들 중 아무도 나를 발견한 사람은 없었다.

『순혈의 헌터』 5권에 계속…

초대형 24시 만화방

신간 100%, 샤워실, 흡연실, 수면실(침대석), 커플석, 세탁기 완비

▪ 일산 정발산역점 ▪

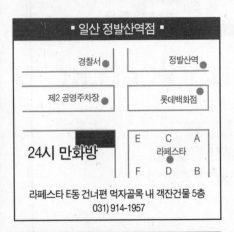

라페스타 E동 건너편 먹자골목 내 객잔건물 5층
031) 914-1957

▪ 강북 노원역점 ▪

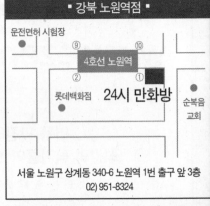

서울 노원구 상계동 340-6 노원역 1번 출구 앞 3층
02) 951-8324

▪ 부천 역곡역점 ▪

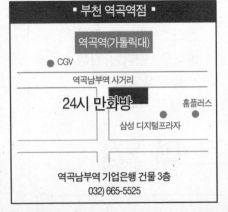

역곡남부역 기업은행 건물 3층
032) 665-5525

▪ 부평역점 ▪

(구) 진선미 예식장 뒤 보스나이트 건물 10층
032) 522-2871

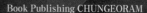

FUSION FANTASTIC STORY

미더라 장편 소설

ODD LAWYER

Devil's Balance

괴짜 변호사
악마의 저울

『즐거운 인생』 미더라 작가의
2015년 대작!

현직 변호사, 형사, 프로파일러, 범죄심리학 전문가 자문으로
현장의 생생함을 그대로 담아낸 현대 판타지!

『괴짜 변호사 : 악마의 저울』

"제가 왜 한 번도 패소한 적이 없는 줄 아십니까?"

"……"

"저는 법으로만 싸우지 않거든요."

법의 칼날 위에서 춤추는 자들과의
치열한 공방이 펼쳐진다!

Book Publishing CHUNGEORAM

유행이 아닌 자유추구 -
WWW. chungeoram.com

PERFECT GAME
박선우 장편 소설
FUSION FANTASTIC STORY
퍼펙트 게임
고통과 좌절의 시간들을 뛰어넘어
불사조처럼 일어나 세계를 제패한 사나이의 일대기.
대한민국을 넘어 메이저리그를 평정하며
명예의 전당에 헌정된 언터처블 투수, 이강찬.
강철 같은 어깨에서 뿜어져 나오는 그의 패스트볼은
무적이었으며 야구계에 길이 남을 신화였다.
야구만을 사랑했던 고독한 사나이.
그의 퍼펙트게임이 이제 시작된다!
Book Publishing CHUNGEORAM
www.chungeoram.com

가프 장편 소설

관상왕의
1번룸

FUSION FANTASTIC STORY

거대한 도시의 그늘에서 벌어지는
짜릿하고 통쾌한 이야기!

『관상왕의 1번룸』

덴프로의 진상 처리 담당, 홍 부장.
절망적인 삶의 끝에서 만난 남국의 바다는
그를 새로운 인생으로 인도하는데…….

쾌락을 원하는 거부, 성공에 목마른 사업가,
그리고 실패로 절망한 사람들이여.

여기, 관상왕의 1번룸으로 오라!